深入黑暗，探索致命的恐懼

亞佛烈德·希區考克

秦浚哲 譯

金蟬脫殼

ALFRED HITCHCOCK

驚悚大師 希區考克 短篇小說集

消失的死刑犯、意外墜落的特技演員、上健身房的珠寶設計師、誓言同日死去的夫妻⋯⋯

驚悚大師希區考克的黑色幽默，

就像海龜湯一般，不到最後一刻，永遠不會知道事情的真相！

目錄

副經理的祕密

你相信嗎？由於一件荒唐的事，我竟然被出乎意料地提升為副經理。下面就來說說我的這段故事。

　　那還是我出獄後的第三個星期，有一天晚上，老朋友瑞南多到我那簡陋的住所來看我。瑞南多這個人沒有正當的工作，平時總是喜歡拉上我，瞅準機會賺些外快。當然，我們做的事都不是什麼光明正大的。所以，這次他來找我，我猜大概是又找我做什麼見不得光的事。

　　「喂，惠勒。」他還是像以往那樣大大咧咧地跟我打著招呼，「聽說你又被放出來了，怎麼樣，現在還好嗎？」說著，他就一屁股坐在了一張椅子上，要知道，那可是我這簡陋小屋裡僅有的一張舒適的椅子。

　　「噢，還可以吧，好在我已經有了一份正式的工作。」我在床邊坐下來說道。

　　「是嗎？照這麼說你最近的收穫不小了？」他似乎有些不相信，眨著眼睛對我說。

　　「無所謂收穫大小，我只能說我一直在做正經工作。」我不喜歡瑞南多的這種語氣。

　　「正經工作？」瑞南多的下巴一下子變長了，似乎我剛才說的話讓他很不舒服，「那你到底做什麼工作呢？」他繼續問道。

　　「在一家公司當管理員。」

「是嗎？」他用犀利的目光盯著我，過了一會，又委婉地說：「我知道，你只是想暫時洗手不幹，你的駕駛技術那麼好，怎麼能白白地荒廢呢？」

「那的確是一份好工作，我喜歡。」

「可是，為什麼？惠勒，你可是有駕駛天賦的呀⋯⋯」

「你可別忘了，我已經失手三次了，也進了三次監獄，如果再失手的話，我只能在鐵窗裡苦度餘生了！」

瑞南多似乎有所領悟地眨眨眼睛，接著問道：「公司的人知道你有前科嗎？」

「知道。」我表情輕鬆地說，「但我們公司的經理是個好人，他沒有計較我過去犯的錯誤，鼓勵我今後要潔身自愛，還表示會幫助我的。」

「你一小時能賺多少錢？不會是一塊吧？」瑞南多顯然還想繼續說服我和他合作。

「一塊半。」

「惠勒，難道你瘋了嗎？每小時才區區一塊半，就讓你這樣死心塌地地跟著他們，真是屈才！」他又深深地吸了一口氣，接著說：「你想想，我們合夥你能賺多少？這次，只要你能幫我把錢運到西海岸，我保你能得到一兩千⋯⋯」看來，這就是他這次來找我的目的了。

聽了瑞南多的話，我心中不禁一動，依我目前的經濟狀況，畢竟一兩千元對我還是極具誘惑力的。

　　「你是說幹一票大的？」我想仔細問問。

　　「沒錯，」他迅速地點點頭，「那是一筆現金，是三十街上的第一鋼管公司用來發薪水給工人的款項。所以每到星期五的上午十點，出納員就會開車到忠貞信託銀行取錢。惠勒，這是一個絕好的機會，怎麼樣，有沒有興趣？」說完，他目不轉睛地注視著我。

　　這件事太大了，我需要仔細考慮一下。過了一會，我說：「我也許有點興趣。」

　　「極好了，惠勒！」瑞南多興奮地拍著我的肩膀說。

　　「你是怎麼得到這個消息的？可靠嗎？」我有些不放心地問。

　　「放心吧！這是和我相好的一個妞無意間透露的，她有個表兄在那家公司的貨運部工作，前天晚上我們喝酒聊天時，她無意中提到用現金發薪水的事。」瑞南多十分肯定地說。

　　「那你打算怎麼做？是在銀行搶現金嗎？這件事可得萬無一失才行！」我說。

　　「惠勒，你聽著，我計劃這樣做：我們先到他們的停車場等一會，等出納員從銀行取錢出來回到自己汽車旁的時候，我就將他打倒，然後搶走他裝錢的包，再迅速鑽進我們的汽

車溜之大吉。接下來就全看你的了，雖然銀行在市中心，周圍路上的車輛多，但是有你這樣的駕車高手，我們可以毫不費力地溜走，完全沒問題。」瑞南多說完，一臉期待地望著我，「惠勒，別猶豫了，我們絕不能坐失良機。」他鼓勵我說。

我沒有吭聲。

「怎麼？你還下不了決心？」他有點著急了。

「沒有，我只是想再考慮考慮結果如何。」

過了一會，他又問道：「想好了嗎？」

「好，就讓我們聯手再幹一次吧！」我抬起頭堅定地說，「看來，我得先把我那輛老爺車的車牌摘下來，開著它去搶劫，至於其他細節我們之後在研究。」

「惠勒，你終於想明白了，這真是太好了！」瑞南多興奮得手舞足蹈，兩眼也閃閃放光。

我們計劃在星期五動手。

在星期五前的這幾個夜晚，我和瑞南多見了好幾次面，詳細計劃著每一步細節，並且提前來到銀行附近，仔細檢視停車場的位置，為汽車可以迅速逃離選擇最佳地點。因為拿到錢後我要駕車快速離開，我還對銀行周圍的交通量及路線也進行了實地觀察。另外，為了保證萬無一失，瑞南多還從與他相好的妞那裡仔細打聽了她表兄說的「第一鋼管公司」的出納員的模樣，以便在停車場確認無誤。總之，我們為這次

行動做了充分的準備工作。

緊張的時刻終於到了。

星期五那天，天空陰沉沉的，天氣預報說有陣雨。

那天，我向公司請了一天病假，到九點鐘時，我就開著那輛老爺車去接瑞南多。

九點半左右，我們在銀行停車場事先預選好的地點把車停下，我和瑞南多坐在車裡，一邊看報紙，一邊等候著。

到了十點十分的時候，一輛雪亮的藍色轎車開進了停車場，只見一個腋下夾著一個黑色公文包的白胖男人從車裡走下來，瑞南多的神情頓時緊張起來，他指了指那個白胖的男人，對我說：「你看，就是他！」當那個出納員朝銀行的大門走去的時候，瑞南多也下了我的老爹車，裝作閒逛的人一樣，慢慢地走到銀行入口處，等候那個人出來。我則發動起汽車，並把乘客那邊的車門打開，隨時準備接應得手的瑞南多逃離。

五分鐘過去了，那個出納員沒有出來，又過去了兩分鐘，瑞南多才看見他從銀行裡走出來，這次公文包被他提在了手上，鼓鼓囊囊的。

瑞南多漫不經心地跟在他後面，當他快到汽車跟前的時候，瑞南多一個箭步竄上去，掄起拳頭，朝著他的後背狠狠地打過去，就這重重的一拳，那個出納員瞬間就四仰八叉地躺在了地上，瑞南多伸手去抓公文包，但是沒有抓到，瑞南

多又撲向他，狠狠地踢了他一腳，再去搶奪公文包⋯⋯

「不好！又有兩個人開車進入停車場，而且他們已經看見瑞南多正在搶劫，瑞南多必須要速戰速決！」我的心幾乎要跳出來。

「有人搶劫了，快來人啊！」其中一個人開始大喊大叫，另一個則「叭叭」地猛按喇叭，銀行裡的人聽到外面的聲響，紛紛從裡面跑出來，他們看到瑞南多仍在和出納員拚命地撕扯，企圖搶走出納員手中的公文包。

一看這情形，我坐不住了，拚命地按著汽車喇叭，大喊：「瑞南多，快跑吧！不然就來不及了！」

四周聚攏的人越來越多，瑞南多也發現情形危急，只好決定放棄，帶著滿臉懊惱之色，跑了回來。他剛一跳上車，還沒來得及關上車門，我就猛踩一腳油門，只聽汽車一聲長嘯就絕塵而去。

坐在車裡的瑞南多垂著腦袋，失望得幾乎掉眼淚。「都怪我想得不周全，」他沮喪地說，「我怎麼就沒想到他會把那個該死的公文包用鐵鏈拴在他的手腕上呢？唉，只差這一步，我真是⋯⋯」

「今天是運氣不好，以後這種機會多的是，別喪氣！」我一邊安慰他，一邊將老爺車開得飛快，猛地一打方向盤，嗖的一下從一輛計程車身邊擦過。

路上來往的車輛很多，我憑藉著超常的駕駛技術和膽識，左閃右避，不斷地加速，不斷地超車，順著我事先計劃好的路線，終於逃到了安全的地方。

　　汽車駛到一個僻靜的地方，我透過倒車鏡看到沒有人跟蹤，於是就減慢了車速，先將懊悔不已的瑞南多送回家，然後就開車回自己家了。

　　第二天，瑞南多帶著他沒有實現的發財夢，黯然神傷地到西海岸去了，此後再無音訊。而我回到第一鋼管公司後，公司上層便提升我當公司下屬工具店的副經理，還外加一份不菲的紅利。

　　不瞞你說，我在這裡使了一招計策。

　　瑞南多肯定沒想到，他要搶劫的第一鋼管公司正是我的僱主。當他不明智地勸說我時，我就決定將計就計，保護僱主的利益，雖然我可能要冒第四次失敗的風險，但我認為，憑我的駕車技術，肯定能逃掉。再說，公司經理都希望我潔身自愛，我要珍惜這份信任，為了改過自新，這一賭是值得的，所以，我就在我和瑞南多謀劃搶劫的那一週，在公司的意見箱裡投了一份如何預防搶劫的建議信，就包括將重要的皮包和身體的某個部位拴在一起。

　　哈哈，瑞南多的發財夢居然斷送在我這個「同夥」手中，值！

姑媽

貝克將白色敞篷車停在自家門口，看著他和妻子朱莉這個溫馨的住所，心中五味雜陳。他不知道眼前的房屋、家具和汽車什麼時候將不再屬於他，可能很快，甚至也許就在明天。一想到這些，他便一頭趴在方向盤上，小聲地啜泣起來。他不是魔術師，無法變出大筆的錢，所以這些東西都被他無奈地抵押了。

　　這時，他似乎聽到車外有人走動的響聲，勉強抬起頭來一看，原來是妻子朱莉。

　　朱莉今天穿得很漂亮，上衣別緻而耀眼，修長的雙腿被大擺的裙子所遮擋，腳上蹬著一雙白色的涼鞋，在她那秀美的臉龐兩邊，披著一襲烏黑的長髮，顯得特別飄逸動人。

　　「怎麼，你沒有貸到款？」她輕聲問道。當她看到貝克愁眉不展的樣子，原本閃亮的眼睛立刻黯淡了下來。

　　「別提了！」貝克憤憤地說，「我離開銀行時，想在麥克那裡賒一杯酒都不行。」

　　「是嗎？那可太糟糕了。」朱莉冷漠地說，「貝克，那你不能再喝下午酒了！」

　　「親愛的，別嘲笑我了，我今天不喝就是了，可我們今後該怎麼辦呢？」貝克一臉茫然地說。

　　「噢，你真是個可憐的寶貝！」朱莉雙手抱胸，一臉不高興地說，「是呀，你說我們該怎麼辦呢？」

「我也不知道。」貝克深吸了一口氣，雙肩一聳，無奈地說。

夫妻二人陷入了沉思，都不再說話。

貝克默默地看著房屋和草坪，在他那俊朗的臉上流露出失望的神情。過了一會，他喃喃地說：「我們要的是高尚而富裕的生活。」

朱莉顯然聽到了貝克的話，她是個現實的女性，為自己考慮得更多，因此對貝克說：「靠賒帳和那麼少的收入是不行的，你應該大膽地向老闆提出加薪！」

「加薪？」一想到這裡，貝克就兩腿發軟，連連說：「不，不可能！我現在都快被炒魷魚了，我可不想為加薪的事找到老闆，提醒他還有我這樣的人存在。」他痛苦地咬咬嘴唇，「我們總得想出個辦法，即使，我……去搶銀行或什麼的。」

瞧著貝克這副神情，朱莉不禁笑了起來，「貝克，你怎麼會有這麼古怪的念頭？」停頓了一下，她又說道：「貝克，不管怎麼樣，我們眼前又遇上了一點點小麻煩。」

「什麼？我們都已經走投無路了，又會有什麼麻煩？」貝克睜大兩眼驚恐地問道。

「我們家來了一位客人，她說是你的姑媽，名叫珍妮。」

「我的姑媽？」

「對，她就是這麼說的。」

「等一等，噢，我想起來了，小時候我見過她。」貝克瞥了房屋一眼，似乎回憶起了什麼，「我還依稀記得，當年她是個漂亮的人，為了賺錢養活我們這一大家子，她從不在乎別人的閒言碎語，甚至她還飛到紐約去跳舞呢！這麼說，她真的來我們家了？」

「是的，她兩個小時前就到我們家了，說是從委內瑞拉的首都來的。」

「從加拉加斯來的？」

「對！」

「朱莉，我們這樣吧，」貝克瞥了房屋一眼，「我們就留她吃頓晚飯，在我們家住上一夜，明天早上就讓她走。」

「好吧。」朱莉點點頭。

貝克和朱莉回到家中，在客廳裡見到了多年未見的珍妮姑媽。

珍妮姑媽保養得很好，雖然滿頭白髮，但面龐紅潤，舉止優雅，依然可見昔日那美麗的影子。

「真的是妳啊！親愛的姑媽！」貝克快步上前，熱情地說。

「貝克！」珍妮姑媽激動而又熱烈地擁抱著貝克，然後退

後一步，「來，貝克，讓我好好地看看你！」她上下打量著他，「多年不見，你已經長成個大男人了，模樣真英俊，瞧！又有這麼漂亮的妻子和溫馨的小屋，貝克，我真為你們高興！」

「我也很高興見到妳，姑媽。」

「姑媽，妳旅途勞累，還是先休息一下吧，我去準備晚飯。」朱莉說。

「哦，親愛的，不用張羅什麼，等會我隨便吃點就行了。」姑媽體貼地說。

過了一會，朱莉把菜端了上來，姑媽每樣菜都吃了一點點，她連連誇讚說，「好吃，真好吃，謝謝！」

聽著姑媽的誇獎，一旁的貝克不禁有些疑惑，他知道，自從家裡的女僕因薪資拖欠離開後，家裡的飯菜就由朱莉做了，可是朱莉並不會做，就像今天晚上的烤肉、馬鈴薯和龍鬚菜吧，也和往常一樣都燒焦了。

「如果將軍還在，他一定會喜歡這頓飯的。」吃完後，姑媽優雅地用餐巾擦了擦嘴唇說。

「將軍？」正用叉尖撥弄盤中菜的貝克抬起了頭。

「噢，你們當然不知道了，將軍就是找那已經過世的丈夫。」姑媽說。貝克注意到，有那麼一瞬間，她的眼神裡有一種賣弄風情。

「在我所有的丈夫中，他是最可愛、最有趣和迷人的了。」姑媽回味著說。

從姑媽的表情看，貝克猜測那個令她深愛的人過世沒有多久，於是就安慰說：「姑媽，妳要保重身體，別太難過。」

「謝謝你，貝克！和你們在一起，我已經好過多了。」她調整了一下情緒，繼續說，「你們大概不知道，我和將軍都喜歡和年輕人在一起，不願意交往那些外交界和金融圈的人。我們經常一起游泳、騎馬、玩高爾夫球，還和朋友們一起舉行宴會……可是，就在那天他被炸彈炸死了。」姑媽的臉上顯出了悲戚的神情。

「炸彈？」朱莉將身子向前靠了靠。

「究竟發生了什麼事？」貝克焦急地問。

姑媽的眼中頓時燃起復仇的火焰，不過她又吸了一口氣，極力控制住自己的情緒，緩緩地說：「當地的恐怖分子在將軍的汽車裡放了炸彈，把將軍和赫爾一起炸死了。」

「赫爾？他……他是你的兒子？」貝克問。

「哦，不是！將軍和我沒有孩子，除了你和朱莉，我再沒有親人了，這也是我來找你們的原因。」她慈愛地看看貝克和朱莉，又嘆了一口氣說：「剛才我們說到的赫爾，他可是個最出色的司機。」

貝克和朱莉互相看了一眼。

「像赫爾那樣出色的司機，薪水一定很高吧？」朱莉漫不經心地問道。

「高？」姑媽聳聳肩，似乎有點茫然，「大概是吧。將軍有數百萬財產，我們從不為瑣碎的開支操心，當然，我得設一筆信託金來照料赫爾的雙親，我只能做這些了。」

貝克有些感興趣了，「姑媽，妳真了不起。我想順便問一下，妳和將軍是在委內瑞拉認識的嗎？」

「不，我是幾年前在里維拉遇見將軍的，那時我剛離婚，自打認識他後，我就認定他是我一直等待的人，他不僅溫文爾雅，而且充滿活力，英俊瀟灑，是個十足的紳士，完美的情人……」

「那時候他在軍隊裡嗎？」貝克繼續問。

「軍隊？」姑媽不屑地笑了笑，「他的將軍頭銜完全是榮譽性的，其實他的興趣在石油上，他把中東的石油賣到南美，最後來到委內瑞拉……」

「姑媽，要不要再來點甜點、咖啡或者飯後的一小杯白蘭地？」朱莉討好地說。

「就來點法國白蘭地吧。」姑媽微笑著，「哦，當然，你們有什麼就喝什麼吧。」

在那個星期裡，貝克家發生了好幾件事：一是姑媽來了，貝克安排她住進了靠東邊那間最寬敞、光線也最充足的臥房；

二是貝克賣掉了他的高爾夫球具，換來了白蘭地。

　　不僅如此，自從姑媽來了之後，貝克和朱莉每天清晨走路時也都要輕手輕腳，因為姑媽說過，自己喜歡早上睡覺。日子就這樣一天天過著。

　　一天晚飯後，他們和姑媽閒坐聊天，貝克有意引朱莉談到錢的事，目的是想得到姑媽的資助。

　　「哦，我很高興你們提出這個話題。」姑媽說。

　　看見姑媽上鉤了，貝克心裡暗暗高興。

　　「我已經與律師和經紀人談過了，」姑媽認真地說，「想必你們很樂意知道，我已經從瑞士銀行轉來一大筆錢，並且立了遺囑，要將大部分遺產贈給我的好親戚。」說著，她伸出手緊緊地握住他們的手。

　　「啊？為什麼要……姑媽……我不想……」貝克被這天大的好消息驚得幾乎說不出話來。

　　「好了，好了，貝克，我知道，我剛才扯得太遠了。」說著，她又推開椅子站起來，「朱莉，我要到書房去喝酒。」然後就挺直腰板朝書房走去。

　　「你這個傻瓜，把到手的錢都扔掉了！」朱莉狠狠地瞪著貝克，低聲說。

　　「對不起，我也沒想到會這樣！」貝克囁嚅說。

「我整個下午都在給那些債主回電話，說得口乾舌燥，我們如果有了錢，就不至於……」

「真對不起！你說說，這個老傢伙究竟能有多少錢？」

「我猜想，大約能有五百萬。」

「五……」這一天文數字驚得貝克險些站不住了，他緊緊抓住桌角，急促地說：「快！給她送白蘭地去，我們不能讓『五百萬』在那裡睡大覺！」

那天晚上，貝克做了一個夢，他夢見大沓大沓的鈔票堆在倉庫裡，有些已經發霉了，正當他來回翻動鈔票時，夢突然醒了，他感到全身無力，再一看窗外，已經是清晨了。

貝克匆忙盥洗後，就來到公司，他被接待小姐叫住了，「貝克先生，老闆剛剛來問過你，你最好先到老闆那裡去。」

「老闆沒說是什麼事嗎？」貝克有些不安地問。

「沒有，不過好像不是什麼好事。」

貝克只好很不情願地朝老闆的辦公室走去。

「早晨好，貝克！」老闆坐在辦公桌後面，笑著向他打著招呼。

「你好！」貝克說。

「你被解僱了，懶傢伙！」

「啊？」貝克無力地坐下。

「不用坐了，你跟本公司已經沒有關係了，如果你現在還不走的話，那就屬於非法侵入了。」

「可是……」

「不必多說了，你去出納那裡領遣散費吧。」

貝克用雙手攢成一個拳頭，「難道，難道你不應該向我解釋一下嗎？」

「應該？」老闆一臉不屑，「如果真有什麼應該的話，我應該收回你的薪水！解僱你的原因很多，你工作上粗心大意，不負責任，只想拿錢，不想幹活，一句話，你是個卑鄙無恥的傢伙！知道嗎？我早就想解僱你了，只不過昨天亨利的事促使我下了決心。」

貝克心裡自然明白亨利的事是怎麼回事。

「我打過電話給亨利先生。」他辯解說。

「你打過幾次？貝克，你只打過一次！然後你就跑到鄉下俱樂部去玩了，如果不是我後來又打電話，這個客戶就和我們拜拜了。」老闆氣惱地說。

「我……」

老闆翻看著辦公桌上的檔案，再也不理睬貝克了。

貝克愣了半晌，只好退出老闆辦公室，步履沉重地回到家裡，他的心情糟透了，一頭倒在客廳的沙發上。

朱莉聽到他的聲音，就走了進來，他抬頭看著她，小聲說：「朱莉，這次我真的失業了。」

　　「天哪！貝克，你成功了！」朱莉興奮地說。

　　「朱莉，你別拿我開心了！」說著，他抓著椅子的扶手，小心地站起來，「我在回家的途中就想好了。姑媽呢？」

　　「她正在餐廳吃柚子、喝白酒呢。」

　　「我們去看看。」貝克和朱莉來到餐廳，他們覺得姑媽今天的樣子有點奇特，竟然披著一件顏色鮮豔的袍子。

　　「噢，貝克來了，你請假了？」她抬起頭，邊往咖啡裡兌牛奶邊說道。

　　「姑媽，我，我失業了。」貝克哭喪著臉說。

　　「瞧你走進來的樣子，我還以為發生了什麼了不起的事情呢。」說這話時，姑媽眼中的關懷似乎消失了。

　　「不過，這件事對我和朱莉來說的確很嚴重。」

　　「貝克，聽我說，你必須要對這件事情看開些，你看看這個社會裡，不是每天都有失業的，每天也都有找到工作的嗎？我記得將軍生前經常說這樣兩句話：『願意做牛，不怕沒田耕』，『這扇門關了，那扇門就開了。』如果將軍還在世的話，他就會告訴你，把這件事當做一個找到更好工作的契機。」

貝克厭惡這一套廢話，他再也忍不住了，「妳說這些有什麼意義？難道就準備拿這幾句空話來搪塞我們嗎？」

　　姑媽被他的話驚呆了，她正要站起來，又不由自主地坐了下來，兩眼冷冷地看著貝克，但話語卻很平靜：「我已經知道，我住在這裡很讓你們討厭，但你們還是讓我住下，一定是有所圖謀的。」

　　「姑媽，妳說什麼呢，我們怎麼會圖謀妳呢？」一旁的朱莉悄悄用手碰了碰貝克，甜蜜地笑著說，「再說了，我們圖謀妳什麼呢？」

　　「圖謀我的錢，難道不是嗎？」姑媽直率地說，「如果我穿著破衣爛衫來，你們會歡迎我嗎？」

　　「當然歡迎了，因為妳是我們的姑媽，是我們最愛的親人。」朱莉親熱地說。

　　「姑媽，很抱歉！我只是情緒不好，僅此而已。」貝克說。

　　「我應該存一筆無限的基金，以備你們出現意外或是疾病時可以自由使用。貝克，你是我唯一的親戚，如果有一天我撒手西去，你和朱莉就可以得到我的一切，但是，你們目前遇到的只是個小困難，你們必須要自己解決。貝克，聽我的話，那樣做會對你更有益處。」說完，姑媽就轉身走開了，只留下貝克夫婦愣愣地站在那裡。

「哼，除非她死掉，否則我們就永遠得不到。」朱莉狠狠地說。

「她知道自己已經控制了我們。」貝克說。

「對！她就是想把我們當作她的奴隸。」朱莉補充說。

「沒那麼容易，即使是奴隸也要反抗，爭取他們合法的⋯⋯？」貝克說完，偷偷地瞄了朱莉一眼，發現她臉色異常冷峻，這讓他感到震驚的同時，也意識到朱莉其實比他更早就在考慮如何置姑媽於死地了。

「我看她已經活夠了，那不會有太大的損失。」朱莉冷冷地說。

「那，那妳要怎麼做？」貝克掙扎著擠出了這幾個字。

「很簡單，你姑媽現在不是要去洗澡嗎？就讓她滑一跤，跌倒在浴室裡好了。我們兩個可以互相作證，沒有人能駁倒我們的話。貝克，快準備悼念你去世的姑媽吧！」朱莉說完，就急匆匆地穿過餐廳，朝浴室走去。

貝克頓時緊張得手足無措，愕然地站在那裡。

很快，他就聽到了開門聲，說話聲、一陣低低的叫喊聲和掙扎碰撞聲，接著又傳來了哭叫聲⋯⋯

貝克雙手摀住耳朵，緊閉兩眼，靠在牆角裡。

不一會，走廊上出現了一個人，正是姑媽，只見她將身

上的藍色綢衣輕輕扯平，又理了理頭髮，一言不發地站在貝克的對面，冷酷而輕蔑地看著他。

「我親愛的孩子，這裡什麼都沒有，只有那屋子裡面無聊和令人厭煩的電視節目，可是我忍受了。但是現在，我已經吃夠了你太太做的食物，聽夠了你們愚昧無知的談話，我無法再忍受這一切了！」她說這話時，雙眼矇矓了一下，「你知道嗎？自從將軍去世後，我突然感到一種莫名的孤寂，心情很沉重，於是我就去世界各地旅行，甚至與國王們結交，如今我屈尊來到這裡，沒有別的，只是希望有人能夠對我真誠相待，可是……」

她說不下去了，一扭身，快步向前門走去。

貝克總算清醒過來了。

「姑媽，你等等，我們並沒有……」貝克大聲說著。

「算了吧！我非常明白你們的意思，不過，你們永遠無法繼承五百萬！」姑媽頭也沒回地說著，這時她已經打開了前門。

貝克跟著姑媽來到門邊，姑媽回過頭來，冷冷地對他說：「我順便告訴你，朱莉的攻擊非常笨拙，她怎麼就沒有想到，能吸引像將軍那樣的人，豈能是一個平常的女人？她必須能騎烈馬、會打槍、玩高爾夫球、欣賞鬥牛，你姑媽就是這樣一個人。一個人在世界上，有時無法完全避開外來的危

險，所以很久以前，將軍就教我摔跤，可我一直沒有用過，直到今天才真正派上了用場。不瞞你說，以前連那些黑鬼都不敢惹我⋯⋯」

貝克眼看著姑媽頭也不回地走到路邊尋找計程車，知道自己再也看不到她了。

失落的貝克轉過身，朝著浴室走去，這裡面的情形讓他驚呆了：朱莉仰面躺在地上，面色蒼白，右臂肘下的骨頭已經被折斷了，參差不齊的骨頭幾乎要從皮下扎出來，她扭動著、呻吟著，還不時發出尖叫，一副痛苦不堪的樣子。

看到貝克來了，朱莉拚命抬抬手，「貝，貝克⋯⋯」

貝克凝視著她，感到一陣噁心，「閉嘴吧！這次我得把遣散費扔在醫藥費上了！」他厲聲喊道。

姑媽

化妝間裡的眼藥水

布朗晚上在家裡看電視新聞時，才知道費爾丁馬戲團出了事故 —— 有個演員在演出時發生了意外，死掉了。

　　這一新聞立即引起了布朗的高度關注，因為他是哥倫比亞保險公司的調查室主任，而這個馬戲團與他們公司有二十五萬元的保險契約。

　　據報導，出事時正在表演空中飛人，男演員尼克將雙膝勾在搖擺的鞦韆上，雙手抓著同為演員的小姨子蓓琪，而他的妻子漢娜此刻正在繩索的另一端，準備表演高空連翻三次觔斗的驚人絕技。

　　當蓓琪表演了幾個空中動作，剛剛盪回到漢娜那一端時，全場觀眾都屏住呼吸，緊張地盯著高空繩索上的漢娜，等待著那最精彩、最刺激的時刻到來。

　　繩索另一端的漢娜似乎猶豫了一會，然後便開始了她與死神的挑戰。只見她凌空騰越，在空中連翻了三個觔斗，當她剛伸手要去抓丈夫伸過來的雙手時，意外卻發生了，由於距離丈夫的雙手太遠，根本無法構到，她驚恐萬狀地在空中亂抓了幾下，就猛的一頭栽了下來，下面沒有安全網，漢娜當場死亡。

　　全場頓時譁然，驚叫聲、嘆息聲響成一片。

　　當時，正有電視臺工作人員隨團旅行拍攝紀錄片，這一悲劇的全過程自然就被如實地拍了下來。

另有消息稱，費爾丁馬戲團本來就經濟困難，而如今又失去了最叫座的節目，可想而知，他們以後的日子會更不好過。

布朗關掉電視，正在思考該如何處理這件事時，電話鈴聲響了，是老闆打來的，指示他明天搭乘早班飛機到聖安東尼奧去調查情況。

第二天上午，布朗便來到了聖安東尼奧。在馬戲團所在的海明斯廣場，他來到了費爾丁的辦公室，雖然這間辦公室是在一輛拖車上，但是裝置齊全，還有冷氣裝置，平時就停放在海明斯廣場的一角。

布朗走進辦公室說明了來意，馬戲團老闆指著對面的一個黑人說：「布朗先生，我來介紹一下，這位是本市警察局的馬克警官。」

「你好，警官先生。」布朗上前一步，伸出手說。

「噢，你好！」馬克警官腆著肚子，慢條斯理地說，「我和費爾丁是老朋友了，小時候我們曾同在一家馬戲團工作過、而如今，他成了馬戲團的老闆，我卻當了一名警察，費爾丁一家在聖安東尼奧是很有名氣的，他哥哥是位著名的眼科醫生，還有他妹妹……」

「老朋友，還是談正事吧！我相信布朗先生大老遠地來，可不是要聽我的家史的。」費爾丁打斷馬克警官的話說。

「好吧。」馬克警官當即轉移了話題,「根據警方調查,認為這是一個意外事件。」

「關於這事,」布朗說,「我們公司也希望得知真相,請警方和馬戲團都給予配合,謝謝!」

「那是自然,」費爾丁說,「據法醫說,漢娜是從高空掉下來後,摔斷脊椎骨而死的。」

「我們檢查過繩索,尼克也檢查過,沒有被人動過手腳。」馬克警官補充道。

「她的驗屍報告出來了嗎?我想看一看。」布朗問。

「噢,有的,」馬克警官邊回答,邊從襯衫口袋裡掏出一張紙,「我一小時前接到驗屍報告,報告結論是,她沒有心臟病或其他生理障礙,也沒有發現麻醉和中毒現象。看來,這的確是個意外事故了。」說著,他把報告單遞給了布朗。

「現在你該明白了吧?這確實是個意外!」站在一旁的費爾丁似乎有些得意地說,「根據保險契約,你們公司必須付給我們二十五萬元!」

「你們只給每個主要演員上了五萬元的保險,可那二十五萬元是指你們全團的保險,如果你們團由於什麼原因完全被毀,才能夠得到二十五萬元的賠償,比如一場火災或是其他嚴重災難等。」布朗解釋著。

「可我們現在就等於完全被毀了,最叫座的節目已經失去

了，我們還怎麼吸引觀眾？你想想，我們團還有能力支撐下去嗎？」費爾丁有氣無力地辯解說，「對於我們這麼小的馬戲團來說，這簡直就是個滅頂之災啊！」

「我看這樣吧，等公司同意賠償的時候我們再談條件，請你放心，我一定會如實向公司彙報的。費爾丁先生，我現在想四處看看，可以嗎？」布朗合上他的公文包說。

「當然，布朗先生，你請隨便轉，我在等一個重要的長途電話，等會再來找你。」

「好了，我也要回局裡去了，有什麼事我們再聯繫。」馬克警官起身離開時說。

三個人相繼離開了有冷氣的拖車辦公室。

布朗正要轉向市民大街的時候，被迎面走過來的一個年輕女子攔住了，她急促地問：「請問，你是從保險公司來的嗎？」

布朗停住腳步，仔細打量著突然攔住他的這個女子，她身材消瘦，個子矮小，有一對銳利的褐色眼睛，頭上的黑髮在德州的明亮陽光下閃耀。

「妳好，我是保險公司的，妳是？」布朗對眼前的這個陌生女子問道。

「啊，那就好了，我叫蓓琪，是漢娜的妹妹。」她停頓了一會又說，「關於她的死，我希望和你談談。」

「哦？妳姐姐的死？」

「是的，請跟我來，我們換個地方說話。」

蓓琪帶著布朗來到**矗**立在展覽會場中心的水塔前，乘電梯到了塔頂，在一間酒吧裡找了個座位，布朗叫了冷飲。

「蓓琪小姐，現在可以說了吧，妳究竟要和我談什麼？」布朗問。

「可以，但你必須答應我一件事。」

「什麼事？」

「幫我找出真凶！」

「真凶？」

「是的，」蓓琪語氣肯定地說，「我姐姐的死不是意外事件！」

「搞清真相是我這次來的目的。妳說妳姐姐不是意外死亡，那麼，妳有證據嗎？」

「如果是指可以在法庭上作證的，那我沒有，但是，漢娜昨天發生的事情，我敢肯定，她不會失手……她也不可能失手！所以我才要找你。」蓓琪激動地說。

「妳這麼肯定她不會失手，是否注意到妳姐姐與往常有什麼不同或特別的地方……我是指她在表演之前或是正在表演的時候。」

「沒有。」蓓琪說，「等等，我想起來了，我們在臺上的時候，她說了幾句話，但是我沒有聽懂。」

「她說的什麼？」布朗問。

「哦，好像是什麼魔⋯⋯符之類的東西。」

「魔符？當時妳有發現她哪裡不舒服嗎？」

「沒有。但是直覺告訴我，肯定有人要陷害她。」

「她為什麼要說這些呢？」布朗默默地思索著。

「妳認為，誰最有可能希望妳姐姐死掉？」布朗又問。

「我想有幾個。」

「那你說說吧，都是誰？」

「第一個就是我們的老闆，那個費爾丁。」她厭惡地答道。

「這我就想不明白了，妳姐姐是團裡的臺柱，他為什麼要殺害她呢？」布朗疑惑地問。

「你不知道，有人出高薪要她跳槽，這個季度結束後，她就要離開這個團了。」

「那妳姐夫對她的離開是什麼態度？」

「是說尼克嗎？」蓓琪的眼睛垂了下來，叮著桌了上的空杯子，「我姐姐要和他離婚。」

「為什麼？」

「怎麼說呢，其實，尼克很愛漢娜，但他愛的方式很古怪，讓姐姐無法接受。而且尼克的脾氣也不好，經常酗酒，尤其是他喝得爛醉的時候，就粗暴地對別人發脾氣。不僅如此，他還愛嫉妒別人，我姐姐為這件事也很痛苦。」

「妳姐姐可是個漂亮的女人。」

「是呀，她比尼克年輕得多，也許正因為如此，尼克才一直害怕失去她。但是尼克根本不顧及我姐姐的感受，整天泡在酒吧裡，我姐姐氣得要跟他分手，她知道他容易吃醋，在兩個月前，她就開始假裝和彼德親熱，實際上她這樣做的目的，就是讓尼克感到生氣，然後能把心收回來。」

「這個彼德是什麼人？」布朗問。

「他是我們馬戲團的小丑，」蓓琪笑了一下說，「他有個女朋友，是我們團的馴獸師葛麗亞，但是，沒想到彼德在和我姐姐假裝親近的過程中，竟然真的愛上了我姐姐，他表示願意離開葛麗亞和馬戲團，跟我姐姐一起私奔。」

「那他的女朋友葛麗亞有什麼表示？」布朗顯然對這件事產生了濃厚的興趣。

「葛麗亞就像她的獅子一樣凶猛，她知道後，自然是不依不饒。」說話的蓓琪兩眼瞇成了一條縫。

「妳姐姐可以向葛麗亞解釋嘛。」

「當然解釋了。她告訴葛麗亞，她和彼德假裝親近，只是

要讓尼克因妒嫉而收心，並沒有其他目的，但是，她沒有想到彼德會假戲真做。」

「聽了妳姐姐的話，葛麗亞相信了嗎？」

「我看沒有，尤其是姐姐要離開尼克和馬戲團這件事傳開之後，她就更不相信了，非要找姐姐理論。」蓓琪嘆了口氣說。

聽了蓓琪說的這些話，布朗開始在腦子裡暗暗地思忖，過了一會，他說：「看來，現在至少有四個人想要漢娜的命。」

「嗯，差不多。」

「那麼妳呢，蓓琪？照理說妳也有害妳姐姐的嫌疑呀，妳姐姐這一走，豈不是要失業了嗎？開個玩笑，妳會不會是第五個人呢？」布朗微笑著對蓓琪說。

「我怎麼會呢！再說了，我在馬戲團裡不是個重要角色，對這份工作我也並不是很熱衷，現在我的未婚夫正在讀大學，等他畢業了，我們就能結婚。」蓓琪巧妙地轉移了話題。

「哦？」布朗仔細地觀察著她，不知她說的究竟是不是實話。

「這樣吧，蓓琪，我們一起去馬戲團裡看看。」布朗提議說。

「好的。」

十幾分鐘後，布朗在蓓琪的帶領下來到了表演場，他發現，這裡一片亂糟糟的 —— 頂棚已經被拆下來，放在了地上，雲梯、活動椅也都堆置在一邊，還有人正在清掃地板上的軟樹皮，簡直就是要破產的情形。

「喏，尼克就在那裡。」蓓琪用手指著一位皮膚黝黑、身體健壯的男人說。

布朗只是打量了那人一眼，沒有說話，因為他並不想和這個人過多糾纏，但蓓琪還是把尼克招呼過來，將布朗介紹給他，並且對他說了布朗來的目的。

「究竟出了什麼事我也不清楚，漢娜她沒有理由抓不住呀，即使是矇住雙眼她也可以表演，要知道，這個動作我們已經練習得非常純熟完美，而且我們也表演過上百次了，從沒有失手過，這次，怎麼會突然……」尼克感到喉嚨裡似乎被什麼哽住了，「當時，我拚命去抓她，可是……她離得太遠了，我……」話還沒有說完，他就難過地轉身走開了。

蓓琪聽了尼克的話，似乎也勾起了內心的傷痛，她望著尼克走遠的背影，說：「看來他真的是傷心了，我以前從來沒有見過他這樣。」

布朗對於尼克的話未置可否，他仍然保持著一個旁觀者的清醒，「或許他是在表演。」

他正在想著，突然被兩陣吼聲打斷了思路，原來，吼聲是從馴獸房傳出來的，一個聲音來自一頭獅子，而另一個聲音則是從一個女人的嘴裡發出的，她正在對獅子發號施令。

蓓琪笑著說：「你看，那就是馴獸師葛麗亞，她的職責就是試著馴服每一頭她遇見的動物，尤其是各種不同的雄性動物，對這種勇於對付猛獸的女人你可得小心點。」

「謝謝妳的警告。」布朗同樣報以微笑。

布朗走進馴獸房，眼前竟然是一位漂亮而迷人的女人，只見她正揚著手中的鞭子，驅趕一頭獅子，瞧她那雙眼睛，閃閃發光，似乎有股能催眠的魔力，難怪她能駕馭凶猛的獅子！

這時，布朗不知為什麼突然心中一動，他甚至懷疑，這個女人是否能用催眠術把樹上的小鳥趕下來，或者用同樣的方法，讓一個正在表演特技的人從高空墜下。

「我為什麼要聯想這些可怕的事情呢？」布朗一時也想不明白。

葛麗亞看到蓓琪和一個男人走了進來，就把獅子關進籠子裡，然後向他們走來。

「我是布朗，是保險公司派來的。」布朗自我介紹著。

「你好！請問找我有什麼事嗎？」葛麗亞問。

「哦，我想了解一下漢娜出事時妳在做什麼？」

「我當時正準備把動物趕進表演場，就在這裡，因為下一個節目就是我的馴獸表演了。」雖然她的話音輕柔，但卻顯得有些造作，讓人聽起來不大舒服。

「每次上場前，我都要和我的獅子交流一下，要牠們平靜下來，準備表演，觀眾都很喜歡看，他們甚至認為這是一種必不可少的神祕儀式。」

「這麼說，在漢娜表演之前，妳沒有看見她？」布朗問。

「我只是在她要進場的時候看了她一眼。」葛麗亞回答道。

「妳和她說話了嗎？」布朗又問。

這時，葛麗亞的臉色沉了下來，她盯著布朗足足看了有五秒鐘，然後冷冷地說：「布朗先生，我和漢娜沒話可說！對不起，我現在還有很多事情要做。」說完，她轉身離開他們，又回到那些虎視眈眈的獅子那裡。

布朗無奈，只得和蓓琪繼續繞著前排座位的水泥道向前走，當經過貼在牆上的那些海報時，蓓琪指著其中的一張海報說：「布朗先生，你看，那個穿戲裝打扮的小丑就是彼德。」

布朗停住腳步，仔細端詳著海報上的那個人，只見他頭戴一頂圓頂窄邊帽，臉上扣著一個長長的假鼻子，然而更有

趣的是，他還戴著大大的橡皮手套和腳模，一副典型的小丑打扮。看到這些，布朗忍不住笑了，說道：「真難為他了，要穿戴好這些真要花費不少時間呢。」

「可不是嗎，他都要請別人幫忙，你看他那隻假手，也要找人替他繫、替他解才行。」蓓琪說。

「我想找他談談。」布朗考慮了一下說。

於是，蓓琪就帶著布朗來到小丑的化妝室前，他們看見門是開著的，就直接走了進去。此刻那個扮演小丑的彼德正趴在地板上，似乎在找尋什麼東西，他沒穿誇張的小丑服飾，只是平常的衣服，看起來也和普通人一樣。

「彼德，你這是在排練新節目嗎？」蓓琪問。

彼德當然熟悉蓓琪的聲音，所以頭也沒抬地一說：「別開玩笑了，是我那該死的隱形眼鏡剛剛掉了一片，我都找了半天了，也沒有找到，它太小了，我這眼睛如果不戴眼鏡，就什麼也看不到，真急人。」

「噢，你是彼德先生嗎？」聽到有陌生男人的聲音，彼德驚訝地抬起頭，連忙站起來，吃驚地看著蓓琪，似乎在問：「怎麼？」

「我想，這件東西可能正是你要找的。」說著，布朗從靠牆角處撿起一片閃閃發光的東西，遞給了彼德。

「噢，謝謝你！」彼德說著，就將鏡片放回到小盒子裡，

「我老是戴不慣它，可是不戴又不行。」

蓓琪將布朗介紹給彼德，並且告訴他布朗來的目的。

「漢娜的死是個悲劇，彼德先生，能否告訴我，你當時在做什麼？」布朗問。

「事情發生得太突然，我也沒看清楚。」彼德說，「當時，我正在觀眾席中忙著，突然聽到人們的尖叫聲，我不知發生了什麼，剛一轉身，就看見……」他似乎有些哽咽，「……她已經落地了，那情形真是太可怕了！她一向小心謹慎，怎麼會……」彼德極力掩飾著他的悲傷。

布朗看出彼德內心的痛苦是真實的，因為他從蓓琪那裡已經知道，眼前這個男人對漢娜懷有一種特殊的感情。

跟彼德談完，布朗和蓓琪又繼續沿著狹窄的過道向前走去，他們來到一扇打開的門前停下，「這就是漢娜和尼克的化妝間，我的在隔壁。」蓓琪說。

布朗走進這個狹小的化妝間，仔細地打量著，只見這裡有兩個梳妝檯，每個上面都有一面大鏡子，顯然靠近門邊的那個是漢娜的，因為不僅鏡子擦得很乾淨，而且還擺滿了化妝品，像粉餅、冷霜瓶、捲髮器、眼線筆和化妝棉等，不過還有一個帶標籤的小玻璃瓶，它顯然不是化妝品，因此引起了布朗的注意。

布朗拿起瓶子仔細看了看，知道是一瓶名牌眼藥水，瓶

蓋上還有一根滴管，他問蓓琪：「這是妳姐姐的嗎？」

「是的，她的眼睛患有結膜炎，她認為是化妝品過敏的原因。」蓓琪回答說。

「她經常使用？」

「嗯。」蓓琪點點頭，「她有時一天要點好幾次，而且每次表演之前她都要點，說是這樣眼睛很舒服，看得也更加清楚。」

「哦？」聽完蓓琪的話，一個念頭突然出現在布朗的腦海裡：如果自己的推測被證實的話，那麼事件真相就會大白於天下，而且也是自身能力的最好證明。

看完化妝間後，他們就準備離開了，臨走時，布朗特意將那個小瓶子塞進外衣口袋。

他們四處轉了一圈後，又回到了表演場。

這時，布朗看到電視臺人員正在拍攝馬戲團拆卸設定的情景，於是他又冒出了一個新的想法。

等到攝影人員都拍攝完畢後，布朗才走上前去，向製作人作了自我介紹，並且禮貌地說：「請問，我是否可以看一看你們前一天拍攝的影片？」

「當然沒問題，我們也很想知道事情的真相。布朗先生，你可以明天早上六點鐘來我們公司。」並告訴了布朗他們公司

的具體地址。

「謝謝！」布朗高興地說。然後，他又向蓓琪道別。

布朗離開表演場後，透過電話號碼簿查詢到一個化驗所的地址，他乘車去到那裡，從衣袋裡掏出從漢娜梳妝檯上拿到的那個小瓶子，交給化學分析員並說明原委，「這是關係到一樁案件真實性的重要物證，請你務必認真化驗一下。一旦有了結果就往旅館裡打電話告訴我，謝謝！」

第二天一大早，布朗就起了床，他要趕往世紀影片公司。五點五十五分，他乘坐一輛計程車到達了位於城邊的這家公司，那位製作人已經把放映室準備好了。

製作人在放映前對布朗解釋說：「昨天晚上你在電視上看到的內容，是我們匆匆編輯的，因為晚間新聞急著用，而你現在要看的，則是我們用兩部攝影機拍攝的，其中一部大角度鏡頭拍全部場面，另一個專門拍特寫鏡頭，可以說這是記錄了事發全過程的完整影片。」

布朗點點頭。

放映室的燈光熄滅了，隨著銀幕上影像的晃動，漢娜致命時刻的一切再次呈現出來，布朗屏息凝視著，然而，當他看完大角度鏡頭拍攝的全部場面後，並沒有發現什麼疑點，他不禁有些失望。

這時，銀幕上出現了一陣空白。又過了一會，銀幕上出

現了另一部攝影機所拍的一組特寫鏡頭，布朗敏銳地發現，當鏡頭搖向漢娜和蓓琪兩姐妹站腳的地方時，漢娜在蓓琪閃出銀幕之前似乎對她說了什麼，後來當漢娜獨自站在那裡時，表情顯得非常惶恐……

布朗好像看出了什麼，果斷地說：「重放一遍這個鏡頭！」

製作人又放了一遍，布朗的心裡有底了。

原來，他從那寬大的銀幕上注意到了電視螢幕顯現不出的一些細節：當鞦韆搖擺過來的時候，漢娜驚慌地眨著眼睛，她摸索著去抓，同時上了更高一級準備跳，但她還在眨著眼睛，這時她猶豫了一下，然後才撲出去，最終悲劇發生了。

顯然，是那短暫的猶豫將她的計算結果擾亂了，使她離著尼克太遠，毫無疑問，是她的眼睛出了問題！

銀幕一片空白，放映室的燈重新亮了起來。

「謝謝你的幫助，我很受啟發。」布朗站起來說。

他回到旅館，剛好電話鈴響了，是化驗所打來的，「喂，我是……噢，是嗎？知道了，謝謝！」掛了電話，布朗緊鎖的眉頭一下子舒展開了。

他心裡盤算著：所有的疑慮都被證實了，自己現在要做的事情，就是立刻給警察局打電話，請求馬克警官做一件事。

布朗在等候馬克警官回話的時候，不停地在房間裡踱著步，整個事件的真相在他的腦海裡越來越清晰，他甚至有些懊惱。「當初我為什麼還要考慮給費爾丁賠償呢？這個該死的傢伙！」

　　這時，電話鈴響了，是馬克警官打過來的，對方在電話裡說：「布朗先生，你的判斷是對的！漢娜雙眼的瞳孔確實有擴張。」

　　終於真相大白了！

　　「馬克警官，我們等等就在馬戲團見面！」說完，布朗先乘電梯到旅館的藥店，向藥劑師詢問了一些問題，然後又叫了一輛計程車，直奔馬戲團。

　　馬克警官比他先到一步，正在拖車辦公室外等候他。他們一起走進辦公室，看見老闆費爾丁正在打電話，看到布朗和馬克警官表情嚴肅地走進來，費爾丁吃了一驚，他趕緊放下手中的電話，「你們這是？」

　　「對不起，費爾丁先生，我要告訴你一個壞消息。」布朗直截了當地說。

　　「什……什麼？壞消息？」費爾丁突然緊張起來。

　　「是的，我們公司不準備賠償你！」布朗一字一頓地說。

　　「為什麼？那可是個意外事故，我有幾千人可以作證！」費爾丁急了，大聲說道。

「費爾丁先生，那真是個意外嗎？你心裡應該很清楚，那完全是有意策劃的結果！」布朗的口氣也變得強硬起來。

馬克警官疑惑地看著布朗，說：「你在說什麼？我都有些糊塗了。」

「你會明白的。」布朗十分肯定地說，「今天下午，我又重新看了一遍電視臺人員拍的影片，片中有漢娜的特寫鏡頭，能清晰地顯示出漢娜在表演中曾拚命地眨眼。」

「這又有什麼問題呢？」費爾丁問。

「當然有問題了！漢娜的妹妹蓓琪告訴我，當時漢娜曾向她謝了幾句話，好像是什麼『魔符』之類的，但實際上漢娜說的是『模糊』，她不知道為什麼這時她有些看不清東西了。」

「漢娜最近眼睛一直不好，全團的人幾乎都知道，聽說是化妝品過敏引起的。」費爾丁主動解釋說。

布朗點點頭，說：「漢娜的眼睛患有結膜炎，所以她每次演出前都要點眼藥水，但問題就出在那瓶眼藥水上，今天下午我已經把她用的眼藥水拿去化驗了。」

費爾丁面部的肌肉微微地顫動了一下，他沒有說話。

馬克警官則站在一旁靜靜地聽著。

「想知道化驗結果嗎，費爾丁先生？根據檢測報告，瓶子裡的仍是漢娜常用的那種眼藥水，但是瓶口滴管上殘留的藥

水，卻是眼科醫生給病人檢查前散瞳用的，漢娜上場前正是由於點了這種散瞳的藥水，才使得視線模糊，結果在表演中從高空墜下。這說明，一定是有人故意調換了眼藥水，有預謀地要害她。」

費爾丁聽完，氣得跳了起來，他順手抄過一把椅子，狠狠地砸向牆壁，大聲吼道：「肯定是彼德幹的！他前些天也剛剛檢查過眼睛，還配了一副隱形眼鏡，沒想到，他追求漢娜不成，就用這種歹毒的手段害死了漢娜，我這就找他算帳去！」

「慢著，費爾丁先生，你最好聽我把話說完。」布朗說，「最初，我也是這樣分析的，但後來我做了一些調查，了解到散瞳藥屬於醫藥辦公室管製藥品，在普通藥店根本買不到，只有眼科專家才能從製藥廠直接買到，而且這種藥的藥效特別強，只需在兩眼各點一滴，二十分鐘內瞳孔就會擴大，由此判斷，彼德是搞不到那種藥的。」

一旁的馬克警官似乎也聽明白了，他對布朗說：「聽口氣，好像你已經知道是誰下的毒手了？」

費爾丁顯得有些不安，下意識地拉了拉衣角。

「當然知道。」布朗說，「這個人看似很聰明，他先偷偷地把漢娜的眼藥水拿走，換上散瞳的藥水，等漢娜點完這種散瞳的藥水上場表演時，他又溜進化妝間，再把原來的眼藥水倒回來，他以為自己做得天衣無縫，可是他卻忘了一件事，

這就是由於空氣壓力的緣故，在瓶口的滴管上還會殘留少量散瞳藥水。費爾丁先生，你說我分析得有道理嗎？」說完，他用深邃的目光凝視著這位馬戲團老闆。

「你為什麼要這樣看著我？這種事馬戲團裡的任何人都有可能做，比如和漢娜同在一個化妝間裡的尼克，他怨恨漢娜要離開他，做這種事的可能性也很大。」

「但是你別忘了，尼克他根本弄不到藥。至於其他人，我已經作過了解，漢娜出事時，葛麗亞正和她的動物在一起，彼德正在觀眾席中戲耍，就算他想溜走一會，可他那身裝束也使得他笨拙了許多，尤其是那副假手套，是無法讓他把那些藥水迅速倒回去的。那麼還會有誰？我想，只有一個人有這種機會和動機，他既不參加表演，又可以在後臺自由走動，還不會有人注意到，而且更重要的是，這個人有殺害漢娜的動機。」

「那個人究竟是誰？」馬克警官急切地問。

布朗用手一指：「就是他，費爾丁先生！」

費爾丁目瞪口呆。

「費爾丁先生，只有你才能得到這種眼藥，你哥哥是個眼科專家，他就住在聖安東尼奧。」

馬克警官嘆服地看了看布朗，又朝著費爾丁遺憾地聳聳肩。

費爾丁沉默了一會，然後抬起頭來小聲說道：「我是沒有辦法才這樣做的，漢娜是我這裡的臺柱子，如果她一走，我這裡就全完了，我不想坐以待斃，於是就想到了那筆保險金，只有領到那筆錢，我才有一線希望。」

　　一切都過去了。

　　布朗走出辦公室，傍晚的天氣涼爽多了，徐徐吹來的清風讓他心曠神怡，他抬起手腕看看錶，離他回紐約的晚班飛機還有一段時間，他打算先去找蓓琪，將所有的一切都告訴她。

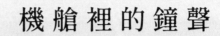

機艙裡的鐘聲

此刻，我正坐在從明尼蘇達州杜魯門城飛往華盛頓的班機上，身旁是山姆，他身材高大，頭幾乎要頂到上面的行李架了。這時，山姆看了看手錶說：「托尼，現在是七點十分，我們已經飛了一半路了，他們肯定認為我會逃亡海外，不會再回來了。」

　　「山姆，你不是在逃亡，而是要去完成一項莊嚴而神聖的使命。」我說。

　　「對，你說得對！我不是在逃亡。」山姆贊同地說。

　　這時候，從我們頭頂上傳來一陣「滴答，滴答」的聲音，嚇得山姆瞪大眼睛，一隻手緊緊抓住我們倆座位之間的扶手。也難怪，他長期處於恐慌之中，而這種滴答的聲音，在他聽來就彷彿是定時炸彈的定時裝置發出的聲音。

　　他驚恐地望著我，那眼神就像一個無助的小孩子尋求大人的保護那樣。

　　我屏住呼吸，仔細聽了聽，然後十分鎮靜地站了起來，儘管我此時也是心怦怦亂跳。我抬頭看了看山姆頭上的行李架，只見上面有一個公文包，但它不是山姆的，因為山姆的皮包此刻正在他身旁，而且上面還印有名字的縮寫標誌。

　　我又仔細聽了聽，發現滴答聲是從那個無主的皮包裡傳出的，而且它的聲音很響，就像敲小鼓似的，幾乎每一聲都讓我膽顫心驚，似乎它隨時都可以讓我和飛機上其他四十幾

個無辜的生命難保。當然，這或許並不是真的，只是我的一種猜測。

滴答聲仍不斷地從那隻公文包裡傳出來，我猜測那一定是定時裝置，至於是什麼樣的裝置誰也說不清楚。也許遇到震動，它就會爆炸，所以我一直不敢碰它，想思索出一個更穩妥的辦法。

山姆也一直在盯著我，一分鐘過去了，「我們怎麼辦？」他問道。

我沒有吭聲。

「媽媽，我聽到有時鐘聲。」在山姆前面座位上的一個小男孩有些忐忑不安地說。

「要真是時鐘就不用擔心了。」我暗暗地想。

這時，一位空姐端著盤子走了過來，她似乎也聽到了什麼，就站在我座位旁邊的過道上仔細傾聽著，過了幾秒鐘，她對我說：「先生，那是你的嗎？」我能明顯地看出，她說話時臉上的微笑是牽強的。

「噢，我想那裡面是一個鐘吧？」然後我又靠近她，輕輕地對她耳語說：「小姐，那個皮包不是我的，我覺得那裡面很可能是一顆定時炸彈，是坐在窗邊的山姆先聽到的聲響。」我用手指了指山姆，山姆也看了看我。

那位空姐聽了我的話，神情驟然緊張起來，急忙向駕駛

艙走去。不一會幾，麥克風裡就傳出一個男人冷靜的聲音：
「各位女士、先生們，我是機長，在十七號座位上有一個沒有
標籤的皮包，不論它是誰的，請宣告……」

「滴答、滴答」的聲音仍然不斷地傳進我的耳中，在我聽
來就像打鼓一般響，心裡愈發緊張。

聽了機長的通知，所有乘客都把頭轉向我們這裡，我也
用目光掃視著他們，希望看到有人站起來，承認皮包是自己
的，證明這是一場虛驚，但是，除了有人竊竊私語外，沒有
誰承認是那個皮包的主人。

時間一分一秒地流逝著，那滴答聲似乎就像催命符一樣
吞噬著山姆的心，他的額頭已經冒出了豆大的汗珠，「真該
死，它什麼時候會爆炸？」他焦急地說。

乘客們看著這一切，也顯得躁動不安了。

這時，機長出來了，他顯得非常鎮靜，一看就是個飽經
世事的人。當他看到有乘客站了起來，就平靜地說：「請大
家都坐好，不要緊張。」然後，他不動聲色地走到過道上，瞧
瞧那個皮包，又側耳仔細地聽著，這時，過道盡頭有個男士
站起來想和他說話，他擺擺手說：「請坐下。」

「炸彈！」不知是誰突然冒出了這麼一句，機艙裡頓時就
亂了，乘客們都倉皇地站起來，紛紛湧向前艙和後艙。

看到這種情形，我迅速走到機長身邊，對他說：「我叫

托尼，是私人偵探，我正帶這位山姆到華盛頓去出庭作證，他是一個案件的最有力的證人，假如他對塔克兄弟幫在中西部的所作所為的指證能被法庭採信的話，那麼就能消除一個惡行累累的犯罪集團。今天的這件事，我看是有人在有意搗亂。」

「我們可以把它扔出飛機。」機長說。

「行嗎？那機艙還能保持正常的氣壓嗎？」我有些擔憂地問。

「肯定要冒風險，但這是唯一的辦法。」

「可是，即便機艙的氣壓沒有問題，但這顆炸彈的起爆原理我們誰也不知道，萬一因為氣壓的改變而引發爆炸怎麼辦？」

機長顯然也明白這一點，他點了點頭，但繼續拖延下去，肯定會對飛行安全帶來致命的威脅，他定了定神，然後高喊道：「請諸位各歸原座，我們正在想辦法……假如我們能緊急降落……」他看了看手錶，已是七點十九分，說明自從滴答聲開始，已經過去了九分鐘，「天哪！時間這麼短，我們需要的是四千公尺的跑道！」他第一次表現出了驚慌。

「對！在新阿巴尼附近有一個小機場！」他眼睛亮，「請大家繫好安全帶，飛機準備降落！」隨即就向駕駛室衝去。

幾秒鐘後，飛機頂著巨大的氣流，快速向下俯衝，發出了很大的聲響，「萬能的上帝，請賜予我們好運吧！」幾乎所有的人都在默默祈禱。

　　當飛機在機場上空盤旋的時候，我已經清楚地看到，那是一個設施簡陋的小機場，除了光禿禿的跑道外，地面上有一個風向塔以及兩個小棚子等等，我看到跑道旁還停著三輛汽車。

　　「為什麼這裡會有三輛汽車，它們在等什麼？」我突然覺得面部肌肉僵硬，心裡一陣緊張，身旁的山姆也皺著眉看著我，還不時地抹抹額頭上的汗水。

　　我彷彿突然明白了什麼，迅速站起身，從山姆的頭上伸手取下了那個皮包，山姆大吃一驚，嚇得幾乎要從座位上跳起來。

　　然而正如我所料，皮包裡的炸彈沒有響，因為那裡根本就沒有什麼炸彈。

　　我挾著皮包，趕緊跑到駕駛艙，當時，副駕駛正在駕駛著飛機滑落，機長一眼就看見我手中的皮包，他大聲吼道：「這麼危險的東西你拿在手裡，難道你瘋了嗎？」

　　「我沒瘋，可我卻差點成了傻子！」我說，「馬上飛離機場！」

　　副駕駛和機長根本不理我，顯然他們真的把我當成了瘋

子或傻子了。

「怎麼辦？」我心裡焦急萬分，因為飛機在短短的幾秒內就要降落了，突然，我舉起了手中的皮包，要將它砸向機艙壁，「馬上飛離機場！」我又重複了一遍，這是我此刻做的唯一能讓他們聽話的事。

機長伸手要抓我，但沒有抓住。

飛機開始上升了。

我打開皮包，向他們證明了一切：那裡面有一隻靜悄悄的小鐘，還有一隻噪音很大的大鐘，小鐘牽動大鐘，從七點十分開始作響。

看到果真沒有炸彈，機長高懸著的心終於放了下來，但他卻更加感到疑惑了。

「那些傢伙知道你們機組的一貫作風，」我解釋說，「所以，他們猜想你們不敢去動那枚『定時炸彈』，假如你們是在七點十分聽到它開始響的話，就肯定會在這裡降落。你們可能也看到了機場跑道旁的那三輛汽車，它們在這荒涼的機場停著，就是等候劫持重要證人 —— 山姆。」

聽完我的話，機長眼中流露出讚許的目光。

「請你們趕快聯繫下面機場的人，通知警察逮捕他們。」我說。

一場嚴重危機終於過去了。

　　我按照規定的時間將山姆帶到了華盛頓的法庭上，由於他的出庭作證，警方最終將一個作惡多端的犯罪集團徹底打掉了。

劍與錘

其實，森克這個人並不壞，儘管人們可能認為他有點傻裡傻氣。

事情的開始我還記得。那是一天晚上，我和森克靜靜地坐在海邊，凝望著午夜藍色的太平洋，海浪拍擊著加州的海岸，發出嘩嘩的巨大聲響，然後又破裂成無數的白色泡沫，悄無聲息地慢慢散去。

「你瞧，大海給人的感覺真是太美了！」我不由得讚嘆道。

森克不為所動，或許他剛從吸毒所帶來的飄飄欲仙中清醒過來，只見他雙臂抱膝，將下巴搭在雙臂上，目不轉睛地望著大海。

「森克，你倒是說話呀，這裡難道不是很美嗎？」我繼續說道。

森克只是聳聳肩，還是沒有吭聲，頭髮被海風高高地吹起。

不知過了多長時間，森克打破了沉默，緩緩地說道：「如果用辯證的眼光去看，情況就不同了。你這樣看，會覺得它很美，但假如你換個角度，就會發現原先的美變成了一種腐蝕，比如，我們眼前的這片大海它正在做什麼？那一排排浪花不停地衝刷過來。難道不是在撕咬和吞噬著海岸嗎？或者說不是在慢慢地撕咬和吞噬著加州嗎？如果你再仔細瞧瞧，

甚至還可以看見它的利齒。」

我熟悉森克，對他這種所謂的辯證觀點也早已聽慣了，所以沒理會他。

森克這個人很怪，他在清醒的時候經常會說一些不著邊際的話，甚至有時還會指天發誓地說有什麼人（或東西）要攻擊他。總之，他為人處世的邏輯就是，不論什麼人或什麼事，只要有可能威脅到他的利益，他就要先下手為強。甚至可以這樣說，在某些時候，森克就是個心術不正的人。

我與森克是在舊金山認識的。你或許還不知道，那個舊金山可是個遠近聞名的地方，當然，說它有名並非是有多麼美好，恰恰相反，那裡是個十分破敗的地方。比如我們的住處就簡陋不堪，那裡幾乎都是流浪漢，大概有二十多個，弄得警察每個星期都要去巡查好幾次。為了逃避警方三番五次的盤查，我和森克決定搬離那裡，於是簡單地收拾了一下行李，就離開了那個鬼地方，向著洛杉磯出發了，說實在的，我們倆現在也厭倦流浪了。

「夥計，我們得弄點錢花才行。」森克說著，輕輕地用指尖理了理長髮。

「有什麼好主意，說來聽聽。」

「郵票和古董！」

「哦？」

「你聽說過里爾這個人了嗎？」說著，森克將身子向後一仰，躺在了沙灘上。

「當然聽說過，那是個十足的電影流氓，貨真價實的鄉下人！」我不屑地說道。

「這你就錯了！他一向是個具有領袖氣質的人物。」森克說，「他不僅擁有各色的女孩子，而且還擁有許多收藏品，據我所知，他收集了許多郵票和古董，昨天他還跑到歐洲去瀟灑了。」

「你是怎麼知道？」

「噢，我明白了，你是想趁他不在家，去偷他的郵票和古董。」我恍然大悟地說。

「你真聰明，我們幹吧，怎麼樣？」

「這，這可是很冒險的呀！」我有些擔心地說。

「你放心好了，我們都是幹這種事的老手了，不會有事的！」望著森克那興奮的神情，我也就點頭答應了。

「好，那我們明天就行動！」森克說，「先要找到他的住所，然後撬門而人，你還記得我們在舊金山偷那個政客的家吧？那次我們把他所有的威士忌都偷走了，真夠爽的！」

接下來，我們就開始商量具體的行動方案，正說著，森克突然抬起頭，用手朝前面一指，說：「你看，」我順著他手

指的方向看去，只見遠處的海面上有些燈光，「那些該死的有錢人正駕著自己的遊艇在遊蕩，他們在銀行的存款有上千萬，而我們卻什麼都沒有，憑什麼？」森克憤憤地說。

我們在海邊又坐了一會，然後就朝著停放著老爺車的地方走去。

第二天一早，我和森克打扮成一幅紳士的模樣，然後去一家旅行社打聽里爾的住處，因為里爾是這裡的名人，所以我們很輕易地打聽到了。那家旅行社的人還拿出一張里爾住所的照片給我們看，那是一座很氣派的別墅，坐落於山谷中，四周不僅有高高的圍籬，還有一些大樹，顯得十分隱祕。

離開旅行社後，我對森克說：「從里爾住所的周圍環境看。我們這次偷竊計畫也許能夠成功，不過還有一個問題，如果我們行動時遇到他家的傭人怎麼辦？」

「傭人？」森克抬起頭瞧著我。

「是呀，你想想，那麼大的別墅，里爾總不會什麼人都不留就到歐洲去旅遊吧？」我認真地說。

「你還不了解那些有錢人，在他們眼中金錢就如同一張紙，遠不如我們看得那麼重，他們一有空就跑出去玩，不是乘飛機就是乘輪船。」森克說，「再說了，就算他留下一兩個人看家，也休想逮到我們，那麼大的房子，除非有一打以上

的傭人才行，放心吧！」

森克的話打消了我的顧慮。

那天晚上，我和森克開著那輛快老掉牙的老爺車，向里爾住的山谷出發，一路上很安靜，沒有遇到一輛車，而且月色也不是很明亮，這正適合我們做事。

很快，我們就到了里爾的別墅旁，實地一看，這幢房子建得真是漂亮極了，兩層樓的房子造在一個略高的地面上，頂樓的紅色尖閣直刺天空，牆上爬滿了青藤，四周的大樹枝繁葉茂，掩映著別墅，我們就像欣賞風景似的看了好一陣子。

森克把汽車停在一棵大樹後面，熄掉燈，然後我們就靜靜地坐下來熬時間，要知道，幹這種事必須要在夜深人靜的時候。

我們就這樣靜靜地等候、監視著，直到午夜，偌大的別墅沒有一絲動靜。

「夥計，我們該動手了！」森克說著，就從車座裡拿出一把刀，那是一把刀刃很鋒利的軍刀，以前我和森克作案的時候，他不管屋裡有沒有人，都要帶上這把刀，以備萬一。

我緊隨著森克，悄悄跨過黑漆漆的草坪，來到鐵柵欄旁，森克左右看了看，便縱身翻了過去，藉著星光，我看見他正在微笑。

「快過來！這個大桃子就等著我們來摘了。」森克催促著。幹這種事我當然也是輕車熟路。

緊接著，我們就順著鐵柵欄小心地向裡摸去，可以模糊地看出左側是一個大游泳池，池水也似乎是黑的，旁邊還有高高的跳水板，就像是一個斷頭臺立在那裡。

「跟上！」森克小聲說，我們很快就到了門口。

「你注意望風，我來撬門！」說著，森克迅速地朝四周看了看，舉起刀柄敲，落地門的玻璃碎了一塊，他把手伸進去輕輕扭開門，趕緊閃身進了屋內。

裡面黑得伸手不見五指，我和森克幾乎同時把手伸進口袋，掏出了鋼筆式的手電筒，黑暗中立刻就射出了兩道光亮，只見屋裡有一排排的架子，上面擺滿了各式各樣的玻璃工藝品。

「看來郵票不在這裡，我們再朝裡走走。」森克低聲說。於是，我跟著森克走出那個房間，又進入了一條通道，這時，我突然產生了一種不祥感：「一切都太順利了，難道……」但是我沒有說出來，還是繼續跟著森克朝裡走。

我們又到了另一個房間。

「我看可以打開一盞燈，反正沒有人。」森克說，但還沒等我回答，他就順手把燈打開了，頓時屋內亮光一片，我們看到這間屋裡有更多的古玩擺在玻璃櫃裡。

「夥計，我們開始吧，先找郵票！」森克興奮地說。

突然，一個低沉的聲音在我們身後響起：「郵票在樓上的保險箱裡。」

「誰在說話？！」驚得我冒出了一身冷汗，回頭一看，原來是里爾站在門口，只見他手裡提著一把明晃晃的長劍，臉上露出一種得意的微笑，這種微笑在我小時候看電影時就記得，還有他的那把長劍，如果拿森克手裡的刀和這把長劍相比，他的刀簡直就像一把玩具似的不值得一提。

森克顯然也被這個聲音驚呆了，「唔，我，我們只是瞧瞧……」他結結巴巴地說。

「瞧瞧？不，你們以為我在歐洲，這幢房子裡沒有人，就想來偷點值錢的東西，對不對？」里爾平靜的話裡帶著威嚴。

「先生，我不明白你說話的意思，」森克這個人的應變能力很強，他很快就冷靜下來，振振有詞地說：「我們剛剛路過這裡，因為天晚了，想求宿一夜，就進來敲門，但是沒有人答應，所以才進來瞧瞧，我們還以為這個宅院是沒人住的呢。」

「你也想在我面前演戲嗎？好了，還是別把時間浪費在謊言上了。」里爾擺出一副做戲的姿勢，說，「要知道，我一直在等候你們，或者說在等候像你們這樣的人。」

「什麼？」我和森克相視一對。

這時，又有幾個人走進房間，站在里爾的身後，我一看，差點被嚇得暈了過去。原來，那幾個人我都認識（當然是從銀幕上），一個是托奧，專門演有名的惡漢，比如納粹將軍；另一個是蒙娜，總是演女強盜，還有蓋茲和勞吉等，他們全都像銀幕上那樣，托奧穿著一件黑色長袍，正從口袋裡掏出一把槍指著我們，蒙娜則更是嚇人，她瘦得皮包骨頭，還有那張像吸血鬼一樣慘白的臉，她也用飢餓的眼光直視著我，雖然沒有咆哮，但看到她，我已經雙腿打顫了。

　　這時，四個男人向我們圍攏過來，很快，就把我和森克雙手捆住，緊緊地綁在一張長沙發上，兩腿則與沙發腿連在了一起。

　　森克拚命掙扎著，他氣憤地說：「你們在這裡搞什麼？有什麼權利這樣對待我們？」

　　「噢，我們是在玩一個遊戲。」里爾又露出他那不懷好意的笑，「每隔一陣子，我就會在報紙上登出假消息，說我出去旅遊了，這幢房子裡沒人，為的就是吸引一些像你們這樣的人上鉤，好與我們一起合作做遊戲，都有過好幾次了，很有趣。」

　　「難道你們這些影星都是在以這種方式做遊戲？」我不解地問。

　　「噢，當然不是！你可別玷汙好萊塢的名聲，我們這個俱

樂部只有八個老牌演員，全是演壞蛋的，而且都是銀幕上響噹噹的壞人。」里爾說著，還不經意地側身擺出一個姿勢，「你瞧，我也演過一陣愛情片呢。」

「里爾，那你今天要和我們玩什麼遊戲？」森克不耐煩地問。

「哈哈！先別忙嘛。」一直站在里爾身後的托奧說話了，「我們不過是玩個小遊戲，至於本俱樂部的宗旨嘛……」

「遊戲？究竟是什麼遊戲？」我突然感到一陣恐懼襲來。

「等一會你們就知道了。」里爾慢條斯理地說。

「你們有沒有見過，」托奧插嘴道，「我們經常在銀幕上演壞人，為了成全那些英雄的美名，我們不得不敗在他們手裡，總共算下來，我們八個人都死了一百四十九次了，而那些英雄呢，他們卻繼續有滋有味地活著。」

「年輕人，你大概還不知道，我們對死有多麼厭惡！」一直沒吭聲的蒙娜也發話了。

「即便如此，可那和我們有什麼關係呢？」森克問道。

「簡單地說，就是讓我們也過一把演英雄的癮。」里爾笑著說，「我們要在攝影機前，重新表演一段我們以前演過的鏡頭，只不過這次是由我們來演英雄，你們演壞人。」

「哎呀，這下可不好了，如果他表演有部電影裡他被釘過三次木樁的鏡頭就壞了！」我越想越害怕，雙腿開始發抖了。

「不！不要這樣！」森克驚恐地喊道。

可是里爾他們絲毫不理會我們的喊叫，依然在那裡愉快地聊著、笑著，商量著由誰先演，那情景就像我們在銀幕上看到的好萊塢宴會場面那樣，喜氣洋洋的。

「我有個建議，還是擲骰子定先後吧。」我一看，又是托奧在出鬼主意。

「好！」眾人應和著。

隨著擲骰子的嘩啦聲，我和森克的心也都提到了嗓子眼。

「哈！我贏了！」里爾興奮地站了起來，指著森克說：「就是他，我要和他拍《加勒比海浴血記》的最後一段，最刺激！」

「天哪！」森克絕望了。

「這真是一個偉大的選擇！」托奧說著，就用他那強而有力的手臂，一下子就把森克拽了起來，可憐的森克就如同小雞般地耷拉著腦袋。

他們拉著森克朝外面走去。我知道，他們一定是取道具去了，我看過那部電影，是講海盜的故事，最後的結局當然很不好了。

屋裡只剩下蒙娜和我了，從她嘴裡發出的濃烈酒味，我

就知道她一定喝得不少。這時，她的面孔似笑非笑，湊近我醉醺醺地說：「寶貝，別擔心，我們也不會忘記你的！」當她直起身子時，我看見她手腕上一個蛇形的銀質飾物掉了下來，正好滾落在捆綁我的沙發旁邊，我稍稍將身子挪過去一點點，將其遮住。我打算也要學著里爾的樣子逃脫，因為我曾看過他的很多早期作品，他都是用這種辦法來割斷繩索的。

　　趁著蒙娜還在迷糊，里爾那幫人還沒有回來，我勉強摸到那個銀質飾物，攥在手裡，開始笨拙地割捆綁我的繩子，那條繩子已經舊了，不一會我就快把它割斷了，但這時我聽到一陣腳步聲，只見里爾他們又走了進來，我趕快停止動作，裝作什麼都沒有發生一樣乖乖地坐著。

　　進屋的里爾已經換上了豔麗的海盜服，旁邊的森克也被套上了海盜服，只不過有些舊，看著森克現在的模樣，我想，如果再給他戴上鬍子並配備所有的裝備後，他比起里爾他們來毫不遜色，更像是一個海盜，只可惜精神狀態顯得很沮喪。

　　「快，到游泳池去！」里爾命令說。

　　幾個人連推帶搡地把森克推到游泳池那裡，這時，我發現他曾回頭無助地望了望我。

　　「喂，蒙娜，快來看我們演戲！」里爾向她招招手。

「好的。」蒙娜對我笑了一下，然後就晃著往外走。

當屋子裡只有我一個人時，我又繼續用那個銀質飾物拚命地割繩索，終於，繩索被我割斷了。

「托奧，把燈光安在上邊，這樣角度最好。」

「開機準備。」

「記住，只拍一個鏡頭。」

「沒問題！」游泳池那邊傳來一陣陣說話聲。

「預備，開始！」隨著那邊的里爾話音剛落，大家的注意力都集中在那邊的時候，我這邊也猛地賺開了繩索，如同離弦的箭一般竄出了屋子。

我一邊跑，一邊回頭看，只見游泳池那裡的燈光很亮，森克和里爾都站在高高的跳水板上，森克背對著游泳池，他的面前是里爾，兩個人手中都握有劍，正準備進行一場決鬥，嚇得我趕緊閉上了眼睛。

「哈哈！我已經洗劫了最後一條船了！」遠處傳來里爾的大叫聲，我睜眼一看，他們倆已經開始決鬥了。「咦，不對呀，森克手上的劍怎麼軟塌塌的？」後來我才驚異地發現，原來他用的是一把橡皮劍。

我不想再看下去了，於是又繼續向前跑，當我快要接近老爺車的時候，我突然下意識地停住腳步，再一次回頭看

去，只見森克正用軟軟的橡皮劍無助地揮舞抵抗著，里爾突然向他猛刺過去，森克連連後退，一下子就跌進游泳池中，他拚命地尖叫，但由於他穿的服裝像鉛灌的一般笨重，結果很快就沉入池底，水濺起的浪花掩蓋了他的尖叫聲。

在我發動汽車時，我聽到從游泳池那裡傳來里爾的大叫聲，還有一陣陣掌聲和歡呼聲，在我聽來，這些聲音刺耳極了。

直到今天，我還無法忘掉那駭人聽聞的一幕，甚至連晚上做夢時，還會夢到這樣的場景：我被結結實實地捆住，那個女魔頭蒙娜面孔猙獰地向我撲來，她拿著一個巨大的木錘，高高舉起，狠狠砸下！我想掙扎，但卻一動也不能動，我恐懼極了，這時耳邊又傳來一陣陣無法形容的可怕聲音——掌聲和歡呼聲。我突然醒來，發現自己已是一身冷汗。

唉！我一直想將這個故事告訴人們，可是有誰會相信呢？或許只有你……

解脫

魯瑟福德・帕奈爾的腦海裡突然閃過一個念頭。

　　剛開始時，他還覺得那簡直就是一個荒唐的白日夢，不過，他後來越想就越覺得那是一個好主意。

　　每天早晨，當太陽一出來，魯瑟福德就得起床了，他先為愛爾西和自己做好早餐，然後，他坐在客廳的沙發上，仰起頭，目光凝視著房頂上的天花板，陷入沉思之中。他幾乎每天都是這樣，已經是多年的習慣了。

　　其實，魯瑟福德的這種沉思，是對現實生活的一種逃避，因為他的妻子愛爾西從來不進客廳，可以說，在他們結婚的這最後十年裡，她一次也沒有進來過，按照魯瑟福德的說法是，這十年來他根本無法與愛爾西和睦相處。所以，默默沉思也就成了他緩解心中的壓力，減輕生活所帶來痛苦的一種方式。

　　「魯瑟福德！」臥室裡傳出愛爾西的吼叫聲。

　　「哦，我在，什麼事？」他小心地應答著。

　　「過來，快點！」魯瑟福德只好從沙發上站起身，一步一挪地來到那大聲吼叫的女人房間。

　　愛爾西的房間裡很幽暗，幾乎看不到一絲陽光，因為她從來不許魯瑟福德拉開窗簾，如果仔細聞聞，屋裡還散發著一股發霉的味道。

　　此刻，愛爾西正坐在一個輪椅上，這個女人平時更多的

時間是痛苦地、默默地坐著，只有當她衝著魯瑟福德吼叫或者是大聲抱怨時，家裡的沉悶氣氛才會被打破。

如果愛爾西不指責魯瑟福德的時候，她就會拿一種輕蔑的眼光注視著他，似乎是在告誡他：不要忘記，你應該為我目前的狀況承擔責任！

「你說說，這杯茶我怎麼喝？它是溫的！」她的聲音很尖銳刺耳，讓人聽了一點點也不舒服。

「我……」魯瑟福德不敢多說什麼。

「溫的！就跟你一樣！瞧瞧你，笨的什麼事都做不好！你就不能僱個會做早餐的人嗎？」

「噢，卡西太太會來的。」魯瑟福德說，「可是，你也知道，她無法趕來做早餐。」魯瑟福德說這話時顯得很無奈，因為卡西太太已經是他僱的第八個傭人了。

「別說了，我知道！而且我還知道你做的早餐沒辦法吃！魯瑟福德，你最好別在我眼前礙眼了，還是從我這裡滾開吧，除非你想開車帶我出去兜風！」

「天哪！」魯瑟福德暗暗叫道，「在這十年裡，『除非你想開車帶我出去兜風！』這句話，我已經聽了無數遍了！」他實在是厭煩至極，於是關上門，重新回到客廳，站在窗戶旁邊，神情麻木地望著窗外，他看見不遠處卡西太太正向前門走來。

卡西太太是個熱情、勤快而善良的女人，儘管她每天都要精心地為愛爾西做午餐和晚餐，但愛爾西也經常是挑三揀四、態度蠻橫，好在到目前為止還沒有影響到她，所以，魯瑟福德很喜歡和她聊天。

眼看著卡西太太到了前門，魯瑟福德趕緊把門打開，熱情地打著招呼：「卡西太太，早晨好！」

「你好，帕奈爾先生！」她平時臉上總是笑嘻嘻的，但今天卻沒有了笑容。

「帕奈爾先生，我能和你說幾句話嗎？」她似乎有些拘謹地說。

「當然可以。」魯瑟福德感到有些不安。

「帕奈爾先生，是這樣的，」她走進客廳說，「我想提前告訴你，我已經找到了一份薪酬更多的工作，我……」

「噢，我能理解，卡西太太，妳做完這一星期再走，行嗎？」

「好的。」

魯瑟福德心裡想：「卡西太太這麼好的傭人都想離開了，肯定不是因為想賺更多的錢，而是再也忍受不了妻子了。」他本想問一問，但話到嘴邊又嚥了回去，他什麼都不想說了。過了一會，他穿上大衣，戴好帽子，走出了家門。

今天的天氣真好，和煦的陽光照在人身上，暖融融的，魯瑟福德邊走邊想著心事，因為今天他終於決定實施籌劃已久的計畫了。

他快步來到街道拐角的公共汽車站，等候 16 路公共汽車，準備進城。

魯瑟福德原本有輛汽車，但十年前的那次車禍，讓他賣掉了汽車，所以，自那以後他幾乎每天早晨都要搭公車進城上班。儘管車禍已經發生十年了，但他仍然會經常想起自己的汽車和那場慘不忍睹的車禍 —— 在那個陰雨綿綿的夜晚，正是他開車時判斷失誤，才導致妻子一輩子只能坐在輪椅中。

當然，妻子愛爾西也從來不會讓他忘記。

16 路公共汽車來了。魯瑟福德像往常一樣，上車後先朝著司機點了點頭，然後走到車尾，揀了一個靠窗戶的座位坐下，不過與平常所不同的是，他今天提前三站下了車。

下車後，魯瑟福德走進街道旁邊的一個電話亭，他要往他的辦公室打電話。

「喂，是瑪麗小姐嗎？」他說，「妳好，我是魯瑟福德，我今天有點不舒服。」

「你生病了嗎？」瑪麗關切地問。

「是的，我今天要去看醫生，請妳告訴斯皮克斯先生一聲，我要請一天病假。」

「好的，你多保重！」

魯瑟福德放下電話，又來到殯儀館，他走進老闆克魯什曼的辦公室。

克魯什曼的鼻梁上架著一副金絲邊眼鏡，看到有人進來，他將眼鏡向上推了推，又輕輕地咳了一聲，微笑著說：「先生，你有什麼事嗎？」

「是的，如果你們能為我處理所有的喪葬事宜，我將不勝感激。」魯瑟福德低沉地說。

「當然可以。」克魯什曼說，「我知道，您現在非常難過，請務必節哀，可以告訴我逝者的名字嗎？」

「不用了。」魯瑟福德拿出一張紙條說，「今天晚上，你們就按照我紙條上寫的地址，把死者運走就行了。」

「咳，咳。」克魯什曼又連續咳嗽了幾聲，「先生，這可不太合乎規矩，請問，有誰能告訴我們必要的情況呢？」

「你們到那裡就知道了，今天晚上八點，怎麼樣？」魯瑟福德說。

「八點？好吧。」克魯什曼猶豫了一下，「那麼，有多少人參加葬禮？」

「你說什麼？」

「我是說，有多少親戚朋友參加逝者的葬禮。」克魯什曼

重複著。

「啊，不會的。」魯瑟福德似乎也是對自己說，「不會有很多人參加葬禮的。」

辦完這一切，魯瑟福德就早早地回家了，卡西太太對此感到很驚訝，因為魯瑟福德還從來沒有這麼早下班過。

望著卡西太太疑惑的神情，魯瑟福德衝著她微微一笑，輕鬆地說：「辛苦妳了，卡西太太，妳今天也可以早點回家了。噢，對了，」說著，他掏出錢包，「我現在就把工錢付給妳，另外，還要加上一點點獎金。」

卡西太太對魯瑟福德的舉動有些不解，臉色也變得嚴肅起來，她鄭重地說：「帕奈爾先生，你為什麼要這樣呢？我希望自己今天早晨沒有得罪你，你知道我為什麼要離開嗎？我不是因為……今天早晨我說謊了。」

「卡西太太，我知道妳為什麼要離開，因為愛爾西實在讓妳無法忍受，我非常理解妳，一點也不責怪妳，一點也不。」魯瑟福德滿懷歉意地說。

聽他這樣說，卡西太太反倒不安地扭動著身子。

「其實，我也恨她，真希望她早點死去，這樣我就自由了。」魯瑟福德恨恨地說，「如果她不死，卡西太太，我真想能像妳一樣一走了之。」

「啊？你！」卡西太太聽到這裡，臉色都變了，慌忙說了

聲「再見」，就頭也不回地逃走了。

　　望著卡西太太倉皇的背影，魯瑟福德微微一笑。

　　「魯瑟福德！魯瑟福德！」臥室裡又傳來尖銳而又刺耳的吼叫聲。

　　「噢，來了，來了，親愛的，」他連忙應著，「我馬上就來。」

　　魯瑟福德暗暗攢了攢拳頭，努力讓自己鎮定下來，然後走進臥室，直接來到窗戶旁，他拉開窗簾。頓時陽光射噬房間，明亮異常，晃得愛爾西有些睜不開眼。

　　「你瘋了嗎？魯瑟福德！」她惱怒地尖叫著。

　　「親愛的，看，我給妳帶了什麼！」魯瑟福德說著，就從口袋裡掏出他在藥店買的毒藥，拿給她看。

　　「這是什麼？」愛爾西不解地問。

　　「一個小小的禮物，它能幫助你擺脫孤獨和痛苦。」

　　愛爾西將頭扭向一邊，冷冷地說：「誰信你的鬼話？快把窗簾放下！我在這個時候是不能見陽光的！魯瑟福德，你這個無能的傢伙，你是不是被公司解僱了？」

　　「哎喲，我的小天使。」魯瑟福德笑著說，「還記得嗎？我曾經說過妳很漂亮，不過我今天要讓妳知道，那是我在撒謊！」

「你，你簡直是發瘋了！」愛爾西臉色漲得通紅，大聲吼道。

魯瑟福德不再理會她，快步來到小廚房，倒了一大杯牛奶，雖然愛爾西在臥室的吼叫聲不斷傳進他的耳朵，但他唯一要做的就是加快自己的行動 —— 打開藥包，舀了兩勺毒藥放到牛奶中。

他端著盛滿牛奶的玻璃杯，又回到愛爾西的臥室。

「哼，你別想討好我，你知道，我是最討厭牛奶的！」

「親愛的，妳每天晚上不是都要喝一杯牛奶嗎？」魯瑟福德笑著說，「別耍小孩子脾氣了，我不是在討好妳，再說了，這十年來我不一直在討好妳嗎？可有什麼用呢？」

「你為什麼要這樣對我？你太殘忍了！」愛爾西雙手捂著臉，大哭起來，輪椅也被她搖得吱吱亂響，「媽媽叫我不要跟你結婚，我真後悔沒聽她的話。」

「哼，別提妳媽媽了，她從來就沒有叫妳不要跟人結婚過，她還嫌妳是累贅，巴不得早點擺脫妳呢，還有妳父親，他都無法忍受妳這個人！」

愛爾西一聽這話，愈發惱怒，她撒潑般地喊道：「你太殘忍了！魯瑟福德，你還有沒有人性？」

「噢，別這樣，親愛的，妳難道就真不想知道我給妳帶了什麼禮物嗎？」魯瑟福德說，「其實就是兩個字：『自由』。」

「自由？」愛爾西不明白他這話是什麼意思。

「聽我說，就是讓我們都擺脫對方，都獲得解脫！」魯瑟福德瘋狂地笑了一聲，「妳知道嗎，為了選這份禮物給妳，我花了整整三千元哪！」

「三千元！你從哪弄來的？」愛爾西怒目圓睜地問道。

「親愛的，我兌現了我的保險，總共是三千五百八十二元，此外我把定期人壽保險也取消了，怎麼樣，我很了不起吧？」魯瑟福德說話時，臉上掛滿了得意的笑容。

「魯瑟福德，你這個蠢傢伙，簡直是發瘋了！」

「親愛的，聽我把話說完行嗎？我有個建議。」魯瑟福德雙手端著牛奶杯，「妳願意去洗手間嗎？」

「哼，去洗手間？難道這就是你的建議？」

「我猜妳一定會這麼說的。」魯瑟福德慢慢地舉起杯子，似乎猶豫了一兩秒鐘，然後就仰起頭，將那杯牛奶一飲而盡，這時，他的臉上浮現出一絲悲哀的微笑。

魯瑟福德望著身邊的愛爾西，溫柔地說：「親愛的，或許妳很快就會意識到，這裡的事是可以忍受的……」

愛爾西愣愣地坐在輪椅上，足足有好幾分鐘，她都不知道魯瑟福德這話是什麼意思。

金蟬脫殼

一九一六年夏末，是我擔任箭山監獄典獄長的第二年，也正是在這一年，我第一次見到了那個自稱是雄鹿吉倫的人。

　　我和雄鹿吉倫是在監獄外的一個叫哈拉南的小酒館裡認識的，當時，監獄內沒有生活區，我只好在距離監獄兩公里外的箭山村租了一間農舍，是一參蜿蜒而過的小河把這兩處連了起來。

　　在工作之餘，我經常光顧那家小酒館，至於我和雄鹿吉倫能走到一起，則是由於對吉尼斯黑啤酒和飛鏢遊戲的共同愛好，當然，這兩樣東西也是那家小酒館招攬生意的一種手段。

　　說實在的，雄鹿吉倫這個人與他名字裡的「雄」字多少有些不符。

　　為什麼這樣說呢？讓我們先看看他的相貌：作為一個年近不惑的中年男人，他不僅個子十分矮小，而且人也很瘦，似乎一陣大風就能把他吹個趔趄，讓人乍一看都有些心痛。他的唇邊留著兩撇東方人常見的八字鬍。不過那鬍鬚擺在他那窄小的臉上，不但沒有美感，反而顯得有些不倫不類。他的眼睛有一隻是假的，如果看東西時，他就要拚命睜大那一隻，結果使得臉部兩側明顯不對稱。我們再看看他的著裝：他經常穿著一件花呢上裝，胸前佩著一條帶橫扣的懷錶錶

鏈，頭上戴著一頂蘇格蘭便帽，怎麼看都讓人覺得不搭配，甚至還有一種華而不實的感覺；此外，還有一點讓人無法理解，這就是他手裡經常拿著一本活頁筆記本，有時還鬼鬼祟祟地往上面記些什麼。他住在旅館附近一個包吃包住的酒館裡，看樣子手頭比較寬裕。

據說雄鹿吉倫是一位作家，他博覽群書、知識淵博，文筆也很好，曾寫過許多文章，刊登在《大商船》、《冒險事業》、《故事週刊》、《天下奇聞》這些通俗雜誌上。不僅如此，他的口才也很出色，有時講起話來口若懸河，甚至連鄉野流行的葷素段子也講得繪聲繪色。

不知什麼原因，雄鹿吉倫從不肯透露他用的筆名或假名，有時我出於好奇問他一些關於他和他的創作時，他總是避而不談，或者是立即轉移話題，總之，他絕口不提個人的經歷。所以，關於雄鹿吉倫的個人情況，我也只是停留在道聽塗說的程度，比如有人說他曾周遊過世界，有人認為他說話不帶什麼口音，猜想他可能是在美國出生的，僅此而已，至於真偽我也無從查證。不過，有一點我是可以肯定的，那就是雄鹿吉倫具有敏銳的洞察力和超常的分析力，這在我下面要講述的一樁神祕案件的偵破中可以得到充分的驗證。

就我個人而言，可以毫不誇張地說，在一九一六年那短短的幾週裡，與雄鹿吉倫的交往跨越了我的生命，如果我能

再活一輩子的話，恐怕也難遇到第二個這樣的人了。然而令人遺憾的是，自一九一六年以來的六十年裡，我對於雄鹿吉倫究竟是誰，他是來自哪裡，他是幹什麼的這些謎團至今都無法解開。

　　事情還要回溯到一九一六年九月二十六日，那天，箭山監獄要對殺人犯阿瑟·蒂斯戴爾執行死刑。

　　那天一大早，天空烏雲密布，像被黑布矇住了一樣不透一絲光亮。

　　快到中午時分，突然狂風大作，一場暴風雨襲來，密集的雨點像子彈似的從黑壓壓的天空傾瀉而下，並伴隨著雷聲轟隆隆滾過，閃電亮著銀光在監獄牆壁的上方留下了似有若無的幻影，好似一個身著銀白色衣服的人從窗前一閃而過。行刑日已讓我提心吊膽，而這種風雨交加的鬼天氣，又給我本已緊張的神經增加了幾分負荷，我能清晰地聽到從胸腔內發出的怦怦的心跳聲，直覺告訴我這可能是個非同尋常的行刑日。

　　午後的那段時間裡，我一直坐在辦公室的窗前，一邊凝視著窗外那急驟的雨線，一邊聽著掛鐘傳來的滴答聲，等待著時間一分一秒地流過。我在心裡暗暗地祈禱著，但願能夠加快速度，將死刑趕快執行完畢，好讓我繃緊的心得到放鬆和解脫，我甚至還期待現在就是下班時間，那樣我就可以直奔哈拉南酒館與雄鹿吉倫碰頭，一邊悠閒地喝著黑啤酒，一

邊盡興地玩著飛鏢遊戲了。

　　掛鐘時針「嗒」地響了一聲，把我的思緒從漫遊中拉了回來，我看了看牆上的掛鐘，已經是下午三點半了。這時，門外傳來敲門聲，原來是兩名自願監督行刑的村民到了，我讓他們先到休息室等候一下，並告訴他們到時候會有人來招呼他們的。然後，我就披上一件雨衣到看守長羅傑斯的辦公室，叫他跟我一起去行刑室。

　　行刑室的位置在監獄的東北角，面積並不大，四周的牆是磚砌的，屋頂是鐵皮做的，兩邊分別是紡織工廠和鑄鐵工廠。行刑室內有一排見證人座椅，還有一個固定的絞刑架，照明燈都是鑲在牆上的，靠北面牆那裡有個門，是與死囚室相連的。按照慣例，阿瑟・蒂斯戴爾已於五天前被關進死囚室等待行刑這一天了。

　　蒂斯戴爾是一個性情暴虐、殘忍的殺人犯，在首府發生的一次未遂搶劫案中，他殘忍地殺死了三個人。按說犯下了如此重罪，他應該表現得老實一點點，但他在被關押在箭山監獄的幾個月裡，也遠不是什麼模範囚徒。我作為監獄的典獄長，在職權範圍內本可以對這些犯下死罪的人施以一定的同情，向地方官請求赦免，以往我還真申請過兩次，但是對蒂斯戴爾這種十惡不赦的傢伙，我對他沒有任何同情感，也就無意挽留。

昨天晚上，我到死囚室看過他，問他是否需要一位神職人員，或者最後這頓晚餐是否想吃點特別的東西，結果他卻不領我的情，反而用最惡毒的詛咒：即使死了，也要在地獄裡詛咒我和羅傑斯以及所有在監獄工作的人。對此我絲毫沒有感到意外。

　　當羅傑斯和我下午四點十分進入死囚室時，發現蒂斯戴爾還是老樣子，只不過不像以前那樣狂躁了，而是略顯得憂鬱，他雙腿跪在囚床上兩眼毫無生氣，有些呆滯地凝視著對面的牆壁。據奉命看守他的兩名獄警霍洛韋爾和格蘭傑說，他像這樣已經有好幾個小時了。

　　儘管昨天晚上蒂斯戴爾對我無禮，我還是走近他，問他是否需要請神職人員，但他依然跪在那裡一動不動，沒有任何反應，我又問他最後還有什麼請求，比如走向絞刑架時要不要戴上頭罩，他還是無動於衷，毫無反應。既然如此，我也就不多說什麼了。

　　我把霍洛韋爾拉向一旁，對他說：「行刑時最好用頭罩，這樣我們大家都省事。」

　　「是，典獄長先生。」

　　隨後，羅傑斯和我在格蘭傑的陪同下離開死囚室，來到行刑室最後一次檢查絞刑架。這裡的繩索已經套好了，該打的結也打好了，當格蘭傑再次確認無誤後，我將絞刑架平臺

下面的門打開，這下面有個小小空間，離平臺約八英呎高，它的作用是：對絞刑犯執行絞刑時，當死囚落入活動踏板後，這裡可以容納他頭以下大部分身體，這樣監刑者就不會看到死囚痛苦掙扎的慘狀了。這種做法是我們箭山監獄所獨創的，因此我頗為自得。我用手電筒將小空間的四壁和地板仔細照了一下，沒有發現任何問題，我把門又重新鎖好。

我們轉身踏上一側的臺階，一共有十三級，最後來到平臺上。平路的地板上有一個槓桿，是活動踏板的開關，當槓桿啟動時，踏板的兩片木板就會向下打開。我們試用了一下，也沒有問題。經過一系列檢查，我宣布一切準備就緒，並派羅傑斯去請監刑人和獄醫，這時已是四點三十五分，離執行死刑的時間還有二十五分鐘。看來，蒂斯戴爾連最微小的減刑希望也不存在了，因為昨天晚上我收到地方官的電報，確定今天下午五點執行絞刑。

外面的悶雷在雲層中不停地滾動，密集的雨點砸在鐵皮屋頂上，發出劈哩啪啦的響聲，我一個人待在行刑室裡，禁不住渾身打顫，當羅傑斯陪同監刑人和醫生到來後，我的心情才平穩了些。距絞刑架四十英呎的地方有一排椅子，我們就座了，彼此都沉默不語。

時間一分一秒地過去，外面的雷聲還在轟響，儘管室內燈光明亮，但怪異的氣氛仍然讓我們感到壓抑，行刑前的每

時每刻都很難熬。

我看了看錶，還差五分鐘到五點，我向門口的獄警打了個手勢，示意他們將去提死囚。大約過了三分多鐘，行刑室的門重新打開，格蘭傑和霍洛韋爾帶著蒂斯戴爾進來了。

格蘭傑穿著黑色的劊子手長衣，霍洛韋爾穿著深藍色的卡其布獄警服並戴著尖帽，夾在他們中間的蒂斯戴爾則是一身灰色的囚衣和黑色的頭罩，他們三人慢慢地向絞刑架走去，帶著一股陰森之氣，這時，行刑室內靜極了，空氣也彷彿凝固了，只有格蘭傑和霍洛韋爾的皮鞋踏在地板上傳出的「咯噔、咯噔」聲，蒂斯戴爾渾身癱軟，幾乎是被拖拉著一步一步向前挪，他沒有絲毫抵抗，只是在上臺階時本能地掙扎了一下，但馬上就被格蘭傑和霍洛韋爾緊緊抓住了手臂，並把他架上了平臺。霍洛韋爾命令他站到踏板上，他沒有動彈，後來還是霍洛韋爾自己把他架上去的，格蘭傑則把繩索套在他的脖子上，並一點點收緊。

時針已指向五點，格蘭傑朝我看了一眼，我點頭示意可以開始。按照法律程序，在對死囚行刑前可以讓他留下遺言，於是，格蘭傑向蒂斯戴爾發問：「你最後還有什麼話要說嗎？」蒂斯戴爾無語，只是身子顯得更加無力，或許是因恐懼而變得彎曲。格蘭傑又看了看我，我舉起手表示即刻執行。格蘭傑離開蒂斯戴爾，把手放在槓桿上，就在他搬動槓

桿的一瞬間，天空中突然傳來「轟隆隆」的一長串雷鳴，巨大的雷聲幾乎要把屋頂震開似的，我渾身打了個冷顫，脖頸也被一絲涼意穿透，身子不由自主地在椅子上晃動了一下。

雷聲剛過，霍洛韋爾就將抓著蒂斯戴爾的手鬆開，並退後半步，站在一個暗影裡，他身上穿的深藍色獄警服和黑色尖帽，就像一個幽靈站在那裡似的。隨著踏板「哐」的一聲打開，蒂斯戴爾的身體頹然落下。

但就在那一刻，我似乎看見踏板打開處閃過一道銀光，轉瞬即逝，就像我在辦公室窗前看到的那道閃電一樣，當時，我以為那只是一種錯覺，注意力很快又回到了那條繩索上，只見它擺盪了幾下就徹底繃直了，最後一動也不動了，我知道，那是由於蒂斯戴爾的身子墜落後形成的，於是，我輕輕地舒了一口氣，此前因緊張而加速的心跳也逐漸平復下來。

格蘭傑和霍洛韋爾此刻還留在平臺上，他們正眼望別處，在默默地讀秒，等待被行刑者在足夠的時間裡斷氣身亡。

大約過了一分鐘，格蘭傑轉身走向踏板的邊緣，伏下身子向下看，如果屍體鬆弛地掛在那裡，他就會示意我和獄醫進入那間小室，檢查屍體，正式宣布蒂斯戴爾已經死亡。但如果發現受刑人仍在劇烈地扭動，就說明他還沒有死，有可

能在墜落過程中扭斷了脖子。我曾看到過那種情況，是很恐怖的，受刑人也很痛苦，這種時候，我們必須要等到他自己結束這個過程，才能下去驗屍，儘管這種做法是很殘酷和不人道的，但法律的意志具有強制性，必須嚴格執行。

正當我等待格蘭傑示意時，卻發現他的反應很奇怪，他趴在踏板的邊緣，好像肚子疼似的彎著腰，扭曲的臉上露出難以置信的表情，眼睛也因驚異而睜得很大，霍洛韋爾看到他這副樣子，也湊過去向下面窺望。

「出什麼事了？」我的心一下子揪緊了，騰地一下站起來，大聲問道：「格蘭傑，怎麼回事？」過了幾秒鐘，格蘭傑才直起身子，對我說：「帕克典獄長，你快上來一下，快！」他說話的聲音尖銳刺耳，還發著顫，「快點，快！」他雙手捂在肚子上繼續叫道。

一定是發生了什麼事情！羅傑斯和我互相看了一眼，同時跑向臺階，我們三步並作兩步上了平臺，其他獄警和獄醫也緊跟在我們身後。

我站在平臺上朝下一看，頓時驚得目瞪口呆，下面空空的，只有套索垂在那裡，水泥地上除了一個黑色的頭罩外，什麼都沒有。

這太不可思議了！阿瑟・蒂斯戴爾的屍體竟然不翼而飛！

我好半天才緩過神來，就從絞刑架的臺階上跳下來，用鑰匙打開小室的門，我幻想著蒂斯戴爾的屍體也許是從繩索上脫落，掉在室內，或許就靠在這扇小門上，我如果把門一開就能滾出來，然而幻想畢竟是不現實的，那個小空間裡空蕩蕩的，根本沒有蒂斯戴爾的影子。

羅傑斯也在仔細檢查絞索，過了一會他告訴我，繩索上不可能做手腳，即便繩索沒有套好，也只是一時終結不了蒂斯戴爾的性命。我叫獄警把燈拿來，藉著光亮，沿著牆壁一寸一寸地檢查，然後又檢視地面，甚至連牆角以及牆壁與地面的接縫都看了，也沒有任何問題。我只是在地面上找到了一塊木頭，約有一英寸長，不知道它在這裡有多長時間了。總之，除了黑色頭罩和這塊木頭，我連一根髮絲都沒找到。

「他究竟到哪裡去了呢？」對於蒂斯戴爾消失得如此一乾二淨，我百思不得其解，眼前的這兩件東西 —— 頭罩和小木塊並不能告訴我什麼。

我靜靜地站在小室裡，凝視著眼前閃爍的燈光，遠處又傳來滾滾的雷聲。

「絞索盡頭的蒂斯戴爾死了沒呢？我是親眼看著他從踏板上掉下去的，而且繩索從擺盪到繃直的全過程我也都看見了，他怎麼就會突然不見了呢？」我反覆回憶著執行絞刑時的情景，但還是無法找到答案，這時，我甚至開始懷疑自己了。

忽然一股冷風吹過，我不禁打了個顫，這時，我突然想起蒂斯戴爾昨晚的詛咒，他說要從墳墓裡鑽出來，莫非他真的⋯⋯

想到這裡，我的後背猛然透出一股冷氣，難道真的有另外一個世界存在？那裡有著超乎自然的力量？蒂斯戴爾是個無惡不作的歹毒之人，他的邪惡會不會就是來自那個空間？當他被執行死刑的一瞬間，會不會是邪惡力量又將他收回？如果真是那樣的話，今天的這一切就可以解釋了。

儘管我這樣想著，但我卻並不相信會有這種事，我是個講求實際的人，也沒有自己嚇唬自己的習慣，即使面對最複雜和不可思議的事情，我也能尋求到合乎邏輯的解釋。面對阿瑟。蒂斯戴爾消失的這個現實，我堅信這股力量只能是來自人間，也就是說，不管蒂斯戴爾是死還是活，他仍然在箭山監獄的高牆之內。

「沒錯！他肯定還在這裡！」我暗睹地說，然後迅速離開那間黑暗的小室，命令全體獄警集合，進行全獄大搜查。當獄警集合後，我發現霍洛韋爾不在佇列中，我問他去了哪裡，有人報告說，幾分鐘前看到他匆匆離開了行刑室。

「他離開了？」這一反常情況讓我頗感疑惑：難道他是知道或者看到了什麼，為了不告訴其他人而自己去考核？或許他本人就參與了這件事，有什麼不可告人的祕密？

霍洛韋爾受僱於箭山監獄的時間還不到兩個月，因此我對這個人了解甚少。我通知全體獄警，如果有誰看到他，馬上讓他到我辦公室來。當我把各種事項都安排完後，羅傑斯和格蘭傑也隨著眾人離開了。

　　我陪著兩位監刑人來到辦公室，請他們暫時留在這裡，等疑團破解後再走，他們點頭同意了。然後，我又在自己的辦公桌前坐下了，一邊等候搜查結果，一邊等候霍洛韋爾的到來，我預計一個小時內就會有結果。

　　然而，我這次又錯了。

　　第一個結果是半小時後傳來的，其驚人程度並不亞於蒂斯戴爾在行刑臺上的莫名失蹤。一個渾身被雨水澆透，驚慌失措的獄警闖進來報告說，他們在鑄鐵工廠和行刑室之間一個堆放雜物的破屋後面發現了一具屍體，是霍洛韋爾的，他是被尖錐刺死的。

　　我立刻趕到破屋，看見霍洛韋爾正躺在那裡，胸口上插著一柄尖錐，血流了一地，連制服也被染紅了。我站在急雨中看著霍洛韋爾的屍體，一個個疑問又鑽進我的腦海：為什麼他會被殺？是不是他真的和蒂斯戴爾的失蹤有關，殺他是為了滅口？那麼殺他的是誰？難道是蒂斯戴爾嗎？或者是還有他人？可他是怎麼被捲入的呢？我眼前又浮現出行刑時的情景：霍洛韋爾自始至終站在平臺上，沒有任何可疑舉動。

難道他的死是蒂斯戴爾詛咒的應驗？不！我凡事都要講究邏輯的本能又占了上風，一個已經死了的人是不可能再復活的。

　　我思來想去，認為目前對霍洛韋爾死因的解釋，似乎只有一種可能，或者說唯一的可能，那就是：不是死了的蒂斯戴爾復活並在實踐他偏執的復仇誓言，而是一個已經死去的人被賦予了超乎尋常的邪惡力量……

　　為了查明事情的真相，我決定親自監督下面的搜查工作。

　　外面的雨依然不停地下著，巨大的雷聲像千斤重錘直接砸在屋頂上，銀白色的閃電也不時劃破陰沉的天空。我率領獄警對監獄的每個角落進行了地毯式的搜索，甚至連工作區和單人牢房的通道也沒有放過，但我們還是一無所獲。

　　這時我才意識到，阿瑟·蒂斯戴爾不管是死還是活，都已不在箭山監獄的大牆之內了。那天晚上，我是十點多鐘離開監獄的，因為我心裡承受的重負讓我多一分鐘也不願意待下去了。

　　起初，我還不打算就此罷休，想與地方官取得聯繫，請求在全都甚至全國進行大搜捕，一定要把蒂斯戴爾這個可惡的傢伙抓住並再次送上絞刑架。但是經過激烈的思想鬥爭，我最終放棄了這種想法，因為，如果我告訴地方官一個本該

在當日下午五點鐘被絞死的罪犯竟然莫名其妙地失蹤了，他一定會把我看成一個瘋子，如果再傳出去，不僅會被全都以致全國的人笑掉大牙，而且還會給人們帶來心理恐慌。當然，如果在接下來的二十四小時裡事情仍然沒有任何進展的話，我將不得不把事情的整個經過報告給地方官，儘管那樣勢必會斷送我的前程。

我的心情異常沉重。

在離開前，我對所有知道這件事的人鄭重強調：要保守祕密，如果有誰向媒體或外界洩漏這件事，我就砸掉他的飯碗。因為我不想這件事被弄得滿城風雨或是引起人們的恐慌，更不想在事情沒搞清頭緒之前我先丟掉飯碗。對於格蘭傑和那幾個最後與蒂斯戴爾接觸過的獄警，我囑咐他們要特別小心，注意保護好自己。我說的最後一句話是：一旦有新情況就立即通知我。

做完這件事後，我便離開了監獄，這時已是晚上十點多鐘了。

外面的雨還在下著，路上的行人寥寥無幾，即使偶爾出現一兩個也會突然消失，四周充滿了寂靜與黑暗。這時我才突然意識到，自己剛才只顧提醒監獄工作人員提高警惕了，卻絲毫沒有想到自身安全。想到這裡，我的心一下子又緊縮了，回到村裡的住處後，便開始疑神疑鬼起來，我坐臥不

寧，心裡想，一定要去見見那張熟悉的面孔。於是，我到家剛剛二十分鐘，就跟房東交代說不管誰來找我，都請他立刻到哈拉南酒館去。

我迅速來到哈拉南酒館，剛一進門就看見雄鹿吉倫正一個人坐在角落裡，低頭在筆記本上寫著什麼，手邊還放著一大杯黑啤酒，見到他，我的心似乎放鬆了許多。

吉倫從來不讓別人翻看他的筆記本，也沒有人知道那裡面都記了些什麼，但他這次如此專注，竟然沒注意到我已走到他的身後。我掃了一眼他正在寫字的那張紙，只見上面只有一個疑問句，因為他的字型大而清晰，所以我看清了上面的內容：「如果一個吉姆巴克單獨站在海岸邊，在月黑風高時歌唱，有多少沙礫會印上他的腳印？」

這句話是什麼意思？我感到費解。什麼叫吉姆巴克？是一個人還是某樣東西？如果是某樣東西，它怎麼會「站在海岸邊」？還會「歌唱」？難道是一個人嗎？或者是憑空想像出來的一個符號？總之，我想不出這句話的含義，它也不像是《大商船》那類刊物的行文風格。

吉倫可能感覺到了我的氣息，他迅速合上筆記本，轉過身來，臉色陰沉地看著我，足足盯了好幾秒鐘，他才惱怒地說：「從背後偷看別人的東西可不是什麼好習慣，帕克，你怎麼會這樣？」

「對不起，我……我真不是有意偷看。」我小聲說。

「希望你以後對我的私人領域多加尊重，否則我會不高興的。」吉倫的語氣緩和了一些。

「噢，我會的。」說著，我就頹然地坐在他的對面，並要了一杯黑啤酒。

「帕克，你的臉色看上去很憔悴，遇到什麼麻煩了嗎？」吉倫用敏銳的目光仔細地審視著我。

「是的……不過，沒什麼。」

「是嗎？」吉倫問。

「我不想再提這件事。」

「是與昨天下午在箭山監獄執行的死刑有關吧？」

「怎麼？你為什麼會這樣想？」我不由得抬起頭，睜大眼睛，驚奇地看著他。

「沒什麼，只是邏輯推理。」吉倫說，「你的表情告訴我，你肯定遇到了麻煩。帕克，你屬於一直生活在平靜中，沒有碰到過什麼難題的人。箭山監獄要執行絞刑的事眾所周知，你作為典獄長，遇到的事情多半會與監獄有關，以往你都是八點鐘來酒館，可是今晚過了十一點你還沒到，難道不是出事了嗎？」

「吉倫，我真佩服你，我要是也有你這樣的推理腦袋就好了。」我羨慕地說。

「為什麼？」

「如果那樣的話，或許我就不會為找不到問題的答案而苦惱了。」

「你終於說出來了，告訴我，是什麼問題？」

這時，侍者端來了我要的啤酒，我喝了一口。

吉倫的目光裡充滿了期待，而我卻有意避開了他獨眼的凝視，我意識到自己已經說得太多了。不過，吉倫的眼神又讓我在困境中產生了某種信心，我覺得，或許他能為揭開蒂斯戴爾失蹤之謎提點幫助。

「說吧，帕克，監獄裡到底發生了什麼事？」他催問道。

我的立場徹底動搖了，因為我現在已經被困在迷宮裡了，無計可施，沒有任何退路。「是的，」我說，「監獄裡是出事了，而且是件不可思議的事。」我停下來，深深地吸了一口氣，「吉倫，你要保證，如果我告訴你，你要守口如瓶！」

「請相信我。」吉倫的身子朝前挪了挪，那隻獨眼凝視著我，流露出極大的參與熱情。

「是這樣的，」雖然我事先告誡自己要保持平靜，但講著講著還是忍不住激動起來，我把事情的原委說了一遍，包括每一個細節。吉倫聽得非常專注，一次也沒有打斷我，在此之前我還從沒有見過他這樣。

我把事情講完了，吉倫摘掉鴨舌帽，用手理了理稀疏的頭髮，興奮地說：「這個故事真是太奇妙了！」

　　「奇妙？我看還是用『可怕』二字更恰當。」

　　「嗯，你說的也對，的確很恐怖，難怪攪得你心神不寧。」

　　「我根本不相信有什麼超自然力之類的暗示。」我說，「但是我又必須要有一個符合邏輯的解釋，問題就難在這裡！」

　　「帕克，我要是你，就不會這麼認為。你知道嗎，在這之前我到過許多地方，也聽到過不少奇談怪聞，其中就有人類或科學無法作出合理解釋的事情。」

　　「你是說，蒂斯戴爾的消失是人力以外的力量使之然？」

　　「噢，不，我只是說考慮問題時範圍要廣闊，你再想一想，你把所有的細節都告訴我了嗎？」

　　「是的。」

　　「再想一想，一定要非常肯定。」

　　看吉倫如此堅持，我皺著眉頭，就像電影回放一樣，把事情的經過又細細過了一遍，這時，蒂斯戴爾從踏板上落下去的一瞬間我眼前曾閃過一道銀光那個細節又浮上了我的腦海，我一拍腦袋，「怎麼把這個細節給忘了。」於是我告訴了吉倫。

「哦，」他默默地點了點頭。

「這很重要嗎？」我焦急地問。

「或許。還有其他遺漏的嗎？」

「應該沒有了。當時是瞬間的事情，我還以為是我的錯覺呢。」

「後來又閃過嗎？」吉倫問。

「沒有。」

「當時你坐在什麼地方？離絞刑架有多遠？」

「坐在離絞刑架大約四十英呎的一排椅子上，還有其他監刑人員。」

「平臺下的那間小室有電燈嗎？」

「沒有。」

吉倫沉思了一會，說：「帕克，我明白了。」說著，他就打開筆記本，用左臂擋住我的視線，用鉛筆在上面不停地寫著什麼，足足有三分鐘。我站在一旁很不耐煩地說：「吉倫，你這該死的傢伙，你在寫什麼？」

吉倫沒有理會我，他又寫了十秒鐘才停筆，並對著寫下的東西看了一會，然後他才抬頭對我說：「帕克，蒂斯戴爾在入獄前曾經營過什麼生意？」

「生意？」我很驚訝。

「是呀，他要過活，總得有點經濟來源吧？」

「這和蒂斯戴爾失蹤案有什麼關聯嗎？」

「可能關聯還不小呢。」吉倫一本正經地說。

聽吉倫這麼一說，我頓時來了精神，告訴他：「蒂斯戴爾以前曾在一家紡織廠工作。」

「噢，你們監獄也有一個紡織工廠，就在囚室附近，對吧？」

「對！」我點點頭。

「那裡是不是儲存著大量絲綢？」

「絲綢？是的，這……」我的話還沒說完，吉倫就不再理我，又低頭在筆記本上寫了起來，我的火氣頓時又往上衝，恨不得大罵他幾句，不過我還是壓住了衝動，端起啤酒杯，仰頭喝進了一大口黑啤酒。過了一會，我剛想發問，吉倫突然合上筆記本，從座位上站起來對我說：「帶我去行刑室。」

「你去那裡幹什麼？」

「核對一些事實。」

「好吧，」我也立刻站了起來，「吉倫，你是不是已經有了什麼答案？我看得出來，能告訴我嗎？」

「現在不行，我必須看了行刑室再說。」他堅持說，「等我的推斷得到證實後，我就會告訴你的。」

這可真是個怪人！渾身上下都讓人捉摸不透。

我與吉倫認識的時間並不長，以前總認為他那令人奇怪的感覺是來自不倫不類的外表，但現在我才意識到，他的精神世界的確有些與眾不同，尤其是他的自信，強烈地感染著我。

我太需要破解蒂斯戴爾失蹤這個謎團了，因為只有這樣，我才能夠獲得精神上的解脫，包括避免被撤職的危險。我認定吉倫是能幫助我的人。

「好，我現在就帶你去監獄。」

漆黑的夜幕下，雨還沒有停歇，只是電閃雷鳴消失了。我開車來到最後一個轉彎時，已經能借助車燈看見監獄的崗樓和高高的獄牆了。吉倫坐在我身邊，一言不發，雙手托著筆記本平放在雙膝上，似乎還在思考著什麼。

我把車停在大門外的小停車場，等吉倫把筆記本收好後，我們就緊跑幾步來到大門前，我向警衛打了個手勢，警衛在雨棚下朝我們點了點頭並打開大門，我們剛一進去，厚重的鐵門就在身後被緊緊地關上了。

我領著吉倫一路小跑直奔行刑室。

行刑室內很冷，儘管所有的燈都開著，但還是顯得昏暗陰森，尤其是角落處，我總覺得似乎有個人影在晃來晃去，頓時一種莫名的恐懼感又向我襲來，我明白，這是幾小時前

那件事情的影響還在延續。我扭頭看看吉倫，他依然和往常一樣，顯得很平靜。

吉倫環顧了一下四周，然後直接朝絞刑架走去，他沿著臺階來到平臺上，將雙手搭在仍向下打開著的踏板邊緣，趴在敞開的洞口向暗室裡窺望。我也緊隨在他身邊。吉倫窺望了片刻，又抓起絞索繩頭仔細思索起來。

突然，他以驚人的敏捷直接跳進了暗室，對我說：「快！拿個手電筒來！」

當他接到我遞過去的手電筒後，幾乎是臉貼著地面，一寸一寸地仔細檢查起來。他先是看了暗室的四角，用手不時地測量著什麼，又將我在暗室裡發現的那塊木頭擺在我說的位置上，藉著手電光亮仔細端詳，最後又把它拾起來，裝進自己花呢外套的口袋。

我則一直站在平臺上。

當吉倫從小暗室裡出來時，他的臉上既洋溢著幾分得意，又帶著幾分冷酷。

「喂，你先在這裡站一會好嗎？」說著，他走到為監刑人安排的坐椅前，大聲問道：「帕克，行刑時你坐在哪個位置？」

「左數第四把。」

「哦，」吉倫在那把椅子上坐下，拿出筆記本，又在迅速

地寫著什麼。

我在平臺上焦急地看著他。

當吉倫停下筆再次抬起頭時，我發現他手中的手電筒依然開著，亮光打在他的臉上，煞白煞白的，看上去就像個幽靈似的。

「當格蘭傑把絞索套在蒂斯戴爾頭上時，霍洛韋爾是在踏板前抓著人犯的手臂吧？」

「是的。」

「帕克，配合一下，你站到霍洛韋爾曾站過的地方去。」

我走到踏板開口處，將身子微微一側，給了吉倫一個側影。

「你能肯定霍洛韋爾當時就是站這個位置嗎？」

「能！」

「告訴我，當踏板打開時霍洛韋爾有什麼動作？」

「他後退了半步。」

「他的臉是側對你們嗎？」

「是的，不僅他扭過臉去，還包括格蘭傑，通常行刑時都是這樣。」

「帕克，你還記得他的臉是朝向哪個方向嗎？」

「這個……」我不禁皺起了眉頭。說實在的，當時我的

注意力都集中在踏板和絞索上了，還真沒觀察到，於是隻好說，「這，我不太肯定。」

「哦。那格蘭傑搬動槓桿後仍站在原地沒動嗎？」

「是的，當時他正在讀秒。」我回答說。

「接下來呢？」

「接下來？噢，就像我對你說過的，他也走到踏板前，趴在地上向暗室裡窺望，這種做法也是符合劊子手程序的。他窺望了幾秒鐘，當發現裡面是空的時，就驚叫一聲，然後把頭伸到踏板底下，想看看蒂斯戴爾是否滑脫繩索，爬到暗室的過道裡去了。」

「他是趴在敞口的哪一邊？是前邊、後邊？還是左邊、右邊？」

「是前邊。」

「那好，請你來演示一下。」

儘管我不太情願，但還是照他說的做了。

半分鐘過去了，我仍然趴在那裡，等著吉倫說話，但是又過了十幾秒鐘，他還是不吭聲，我扭頭看了看，果然不出我所料，他仍然在那裡奮筆疾書。直到吉倫合上筆記本，帶著期待的表情站起來，我才從絞刑架的臺階上下來。

「現在格蘭傑還在監獄裡嗎？」吉倫問。

「可能不在，他當班的時間是從下午三點到午夜，我想，他這時候應該回家了。」

「我們必須盡快找到他，帕克，謎底就要揭開了，我們必須抓緊時間。」吉倫顯得有些焦急。

「啊？你已經知道謎底了？」

「我敢肯定，快走！」他催促著。

我帶著興奮的心情和吉倫一道離開行刑室。

我們快步走過泥濘的放風場地，來到行政管理區，走進羅傑斯的辦公室，這時他正在收拾辦公桌上的東西，準備離開。

「羅傑斯，格蘭傑在哪裡？」我問。

「他在五十分鐘前已經下班了，怎麼？」

「帕克，他住在什麼地方？」吉倫問。

「據說是在海恩斯維爾。」

「帕克，我們必須立即趕過去，最好帶上五六個獄警，要全副武裝！」

「有這個必要嗎？」我有些不解地問。

「有！」吉倫堅決地說，「如果我們抓緊時間，或許還能阻止另一起謀殺！」

我和吉倫帶著幾個全副武裝的獄警開車向海恩斯維爾駛

去，儘管只有六公里的路程，但是走起來並不輕鬆，主要是由於道路的泥濘加劇了精神的緊張。

一路上，吉倫還是一言不發，或許他是在想：格蘭傑是共謀犯呢？還是無辜的一方呢？會不會在格蘭傑家裡發現活著的或者死了的蒂斯戴爾呢？

我也在思索他剛才說的「可能還會阻止另一起謀殺」，剛要問他，他卻擺擺手，只是說過一會就會見分曉。

真是個不可思議的怪人！

汽車在顛簸中繼續艱難地行駛著，兩位荷槍實彈的獄警坐在我的車後座，羅傑斯則駕駛著另一輛車緊隨其後。

說實在的，我對吉倫的判斷也有些拿不準，擔心他是個好心辦壞事的傻瓜，但我現在已經沒有退路了，無論結果如何，我只能義無反顧地把身家性命交到雄鹿吉倫手上。

我們到了海恩斯維爾的村口，恰巧碰到也住在這裡的一位獄警，他告訴我們，在教堂前的一個街口有一座朝東的房子，就是格蘭傑的住處。

「我建議把車停得遠一點，不要讓他知道我們的到來。」坐在一旁的吉倫終於開口說話了。

「嗯，」我點了點頭、就把車停在街角，羅傑斯的車也停在了這裡。我們總共有八個人，下車後就冒雨站在那裡，朝著格蘭傑房子的方向窺望。

這個街區有四座房子，都是沿街而建。靠我們這一側有兩座，屋內都黑著燈，後面是草地，在對面的那兩座中，稍遠的那座也黑著燈，離我們近的那座房後是一片松樹林，前院有一棵大橡樹，有一扇窗戶透著燈光，煙囪也似乎冒著煙，只不過由於下雨，不易被人察覺罷了。

「你看，亮燈的那間就是格蘭傑住的房間。」那位獄警指著對我說。

我們穿過街道，經過松林，朝著格蘭傑的房間靠近。這時，我命令其他人在後院等候，由我和吉倫、羅傑斯悄悄向屋前包抄，吉倫儼然是一位指揮官，迅速從西邊搶先占據了窗下的位置。

吉倫將身子緊貼在牆壁上，慢慢探頭朝屋裡窺視，但他只看了一眼就馬上抽轉身子，並用手示意我到他那裡去。我貓著腰悄悄過去，站在他剛才的地方向裡一望，只見格蘭傑正站在壁爐前，手裡還拿著根捅火棍在攪動火苗，儘管隔著玻璃看不出他燒的是什麼，但我敢說那肯定不是木柴。屋子裡還有另一個男人，滿臉凶相，腰間插著一把舊的左輪手槍，此時正望著格蘭傑。

「天哪！阿瑟・蒂斯戴爾！」我驚得幾乎發出響動。

我簡直氣暈了，格蘭傑這個傢伙竟然成了蒂斯戴爾逃脫的幫手！他一向得到我的喜愛和信任，怎麼可以幹出這種事

情！憤怒和懊悔在吞噬著我的心。我好不容易才控制住自己的情緒，退後一步，把位置又讓給了羅傑斯。

等羅傑斯看過之後，我們三個人又回到後院，我把等候的那些人叫過來，布置完包圍夾擊這所房子的方案後，就開始分頭行動了。

我和吉倫隱蔽在屋後窗戶旁的陰影裡，那裡有一口枯井。直到現在我才理解吉倫一再強調抓緊時間的重要性了，如果稍微晚了一點點，真不知道還會出現什麼意外情況，我對吉倫既佩服又心存感激。

我們默默地等待著。

大約三分鐘後，其他六個人先後從前門和後門衝了進去，隨即響起了槍聲。我和吉倫也迅速衝到屋內，一眼就看到格蘭傑，他正神情木然地坐在壁爐旁的地板上。或許是被我們這些突如其來的天降神兵嚇呆了，但他沒有受傷。在門廳中央還躺著一個人，正是蒂斯戴爾，鮮血已經把胸前的襯衣染紅了，但他也沒有死，只是肩部受了點傷，他雖然被劇烈的疼痛折磨著，但嘴裡還在不停地咒罵。

「這個可惡的傢伙，看來還得讓他再上一次絞刑架，仍在箭山監獄的行刑室！」我在心裡狠狠地罵著。

一個小時後，我們的圍剿勝利結束。蒂斯戴爾已被嚴加看管起來，這次料他再有天大的本事也跑不掉了。還有那個

格蘭傑，儘管他痛悔不已，但也被關進了一間單人牢房，等待他的將是法律的懲罰。

這時，外面的雨已經停了，不過天空還是陰沉沉的。我和吉倫，羅傑斯都返回到我的辦公室裡。

「吉倫，謝謝你！」我感激地說，「這個案子能在短時間內告破，你功不可沒，理應得到重謝，不過，我們此刻更想聽聽你對這件事情的解釋。」

「過獎了！既然你們想聽，那我就說說吧。」吉倫掩飾不住內心的喜悅，「我就先從霍洛韋爾說起吧。對於他的被害，按照人們的習慣性推理，肯定認為他是接受了蒂斯戴爾的賄賂，是為幫助他逃跑提供便利的幫凶。然而這個想法是錯誤的，霍洛韋爾只是個無辜的替罪羊。」

「那他為什麼被殺呢？是復仇嗎？」羅傑斯問。

「這個問題有點複雜。我是這樣分析的，霍洛韋爾的死其實並不是在你們所發現的地方，這一點你們一定不會想到，但這正是蒂斯戴爾逃跑詭計得以實施的第一步，也可以說是整個計畫能否成功的先決條件。」

「可霍洛韋爾死時，蒂斯戴爾已經逃跑了，那……」我更加迷惑了。

「事實並非如此，」吉倫說，「霍洛韋爾在那之前已經被殺了，是在四點到五點之間。」

「不可能！吉倫。」我反駁說；「當時，羅傑斯和我，還有其他五個人都可以證明霍洛韋爾就在行刑室內，絕不會錯！」

「帕克，你敢肯定自己看到的那個人就是霍洛韋爾嗎？」吉倫繼續說，「行刑室是被燈光照亮的，況且那時外面正下著暴雨，人的視覺是會受到影響的，再說你坐的椅子和行刑臺之間還有四十英呎的距離，其實你看到的是一個身高、體型大致與他相當，壓低帽簷，讓你看不清面孔，穿著獄警制服的另一個男人，但你沒有理由懷疑他不是霍洛韋爾，因為你已經先入為主地認定了他的身分。」

「當然，從邏輯上講，你的推理無懈可擊。」我說，「如果按照你的推斷，他不是霍洛韋爾，那麼又是誰呢？」

「誰？當然是蒂斯戴爾！」吉倫說。

「他？這太不可思議了！」我吃驚地睜大眼睛，「那個被押上來的又是誰呢？」

「沒有人。」

我和羅傑斯對視了一眼，一句話也說不出來，屋裡頓時像死一樣的沉寂。

過了一會，我終於忍不住了，大喊道：「照你這麼說，昨天下午五點我們並沒有看到一個人被吊死？」

「沒錯！」

「啊？難道我們當時集體經歷了一次幻覺？」我和羅傑斯面面相覷。

「噢，不是的。」吉倫平靜地說，「我相信你們當時的確看到一個人被執行了絞刑，就像你們認定霍洛韋爾那樣，認定他就是阿瑟・蒂斯戴爾。帕克，我再次提醒你們一下，當時外面下著雨，室內燈光很暗，你們根本沒有理由懷疑自己看到的是假象。但是，帕克，我再問你一遍，你實際上看到了什麼？其實只是一個黑帽冠頂，被兩個男人架在中間的人形。我曾問過你，看沒看到他行走時的腳踝？聽沒聽到他說話的聲音？總之一句話，有沒有可以證明那是個真人的證據？」面對吉倫一連串的問題，我閉上眼睛，又仔細地回想了一遍，除了頭罩、衣服和鞋之外，確實沒有。

「不過，我的確看到他上樓梯時掙扎了一下，還有他身體墜下踏板的過程，這又該如何解釋呢？」我問道。

「這很好解釋，就像我剛才說的那樣，也是假象。格蘭傑和蒂斯戴爾兩個人合作，故意放慢腳步，用自己的動作製造出人形在掙扎的假象。」

「噢，原來是這樣。」我點了點頭，「還有，既然那是個人體模型，在那麼短的時間裡，怎麼會消失得如此迅速呢？吉倫，我還是有些不相信。」

「我並沒說那是個人體模型。」

「那是什麼？難道是魔鬼的幽靈不成？」

「你呀。」吉倫舉起一隻手，一副自得的樣子，「還記得我問過你蒂斯戴爾是做什麼生意的嗎？你說他曾在紡織廠工作過，我還問你監獄的工廠裡是不是堆放著絲綢？」

「我記得，你是問了。」

「帕克，發揮一下你的想像力，光滑細密的絲綢可以做成一種什麼東西？」

「絲綢，做……什麼東西？」我剛想說不知道，「天哪！是氣球！」答案突然冒了出來。

「太聰明了！」吉倫笑著說，「不管是縫還是捆，用絲綢做個大致的人形應該沒有什麼問題，然後再把氣體充進去，用頭罩和衣服作遮掩，又有兩條壯漢左右架著，你隔著四十英呎遠的距離，而且燈光昏暗，能看清什麼？」

聽到這裡，我不禁倒抽了一口冷氣。

「那些手工是蒂斯戴爾自己做的，是被關進死囚牢房之後，那些材料是格蘭傑從監獄紡織工廠得到的。我猜想做好之後，格蘭傑可能把它帶出監獄進一步加工試用，然後又帶回來了。在行刑當天把氣充飽，至於氣體是從哪裡得到的，我猜你們監獄的鑄造工廠一定有裝氫氣的鋼瓶。」我點了點頭。

「接下來的事情應該是這樣的，」吉倫繼續說著，「在下午

四點到五點之間，當死囚牢房裡只有他們三人時，蒂斯戴爾用格蘭傑事先給他準備的尖錐刺死了霍洛韋爾，格蘭傑迅速將屍體運走，並把氦氣瓶還回了鑄造工廠，他們選擇的時機是很好的，雷雨天氣就是很好的掩護，即便沒有這個天賜良機，他們也要冒這個險的。」

「氣球人形被格蘭傑和蒂斯戴爾帶上絞刑架，格蘭傑作為劊子手小心翼翼地把絞索套上。帕克，你對我說過，他是最後一個檢查絞索的人，我認為，他就是利用這個過程把你後來在暗室中找到的那塊尖利的木屑插了進去，當他把絞索收緊時，確保木屬的尖頭正好頂在氣球的表面，等到踏板打開時，充氣的絲綢氣球向下一沉就會被扎破，這時又是雷聲幫了忙，把那小小的爆裂聲掩飾過去，至於繩索的擺盪，自然是由於氣球快速排氣引起的。」

「氣球在他們讀秒的過程中，早就癟了，這時的暗室裡，除了一堆衣服、一雙鞋和一個癟氣球外，就再沒有別的了。他們知道行刑後馬上就會驗屍，為了不讓詭計露餡，他們還要在短時間內做一項重要工作，就是除了頭套外，其他所有東西都必須收回來。」

「我覺得他們根本沒有時間收走那些東西，再說了，格蘭傑和霍洛韋爾一步也沒有離開絞刑臺。」

「帕克，我聽你說曾看到絞架上銀光一閃時，就明白是怎

麼回事了。」吉倫說，「其實很簡單，當時，格蘭傑手上握著一根鐵絲的這一端，另一端則繫著暗室裡的那堆衣服、氣球和鞋，鐵絲在燈光照射下反著光，當格蘭傑扳動槓桿時，這根七八英呎長的鐵絲就被盤成一圈，握在他的手裡了。」

「還記得他趴在踏板邊緣，背對著你們向下面窺視嗎？其實他是在做手腳，他解開長風衣的前襟，把鐵絲另一端繫著的東西拉上來，塞進懷裡。當然，他也怕反常的腰圍會引起你們的懷疑，但是你們的注意力這時都在暗室裡，不知裡面發生了什麼事情。帕克，你也注意到了，當格蘭傑再次站起來時，雙手捂著肚子，像是突然疼痛似的，實際上他是怕那些東西從風衣裡掉出來。後來，他就離開了行刑室，下班時把那些東西帶出了監獄。剛才我們看到他在壁爐前燒著什麼，其實就是這些東西。」

「哦，那蒂斯戴爾又是怎麼離開監獄的呢？」我問道。

「說出來你可能不信，他是從監獄大門大搖大擺地走出去的。」

「你說什麼？」我還以為自己的耳朵聽錯了。

「我說的是事實。帕克你想，當時蒂斯戴爾穿著獄警的制服，是代替霍洛韋爾出現在行刑室的，而且那又是個狂風驟雨的傍晚，監獄裡是不會有人對一個穿著警服的人產生懷疑的。比如今天我們到這裡時，我發現門衛幾乎沒怎麼看你的

臉，也沒有問問我是誰，就把我們放進來了，他急於回到崗樓裡去，畢竟那裡要舒服一些，當然，你是朝門衛打了個手勢。蒂斯戴爾往外走時也會如此，他穿著獄警的制服，而且是下班的時間，門衛就更不可能懷疑了。另外，我猜想蒂斯戴爾是開著格蘭傑的車走的，等到格蘭傑下班時，他可能是搭了同事的一輛車，如果對方問他為什麼不開自己的車，他隨便找個理由就搪塞過去了。」

「對於蒂斯戴爾是否去了格蘭傑家，我沒有確切的把握，只是透過其他事實作出邏輯性的推理。我了解蒂斯戴爾的本性，因為這件事除了他自己以外，格蘭傑是唯一知道全部細節的人。格蘭傑的死活對於蒂斯戴爾來說並不重要，蒂斯戴爾最關心的是自己逃脫後能否安全，也無論他對格蘭傑曾作過什麼承諾，總之，他要首先保全自己。」

「我覺得蒂斯戴爾可以採取更簡單的辦法越獄，比如說，乾脆在四五點鐘之間，依靠格蘭傑的幫助，先殺了霍洛韋爾，穿上獄警制服，在行刑前離開監獄，他何必要繞這麼個大圈子呢？」

「你說的這些我也曾想過，但我反覆思考，蒂斯戴爾一定有他的想法。或許他擔心如果直接從牢房逃走，你們肯定會發出協查警報，甚至展開全都或者全國大搜捕，那樣一來，他就沒有充裕的時間安全撤離。如果換一種方法，就像一隻

煮熟的鴨子飛走後會出現什麼情況呢？他猜想你們一定會大惑不解甚至亂做一團，匆忙之中不會想到立刻發警報，那時他就可以從容地應對各種情況了。另外，帕克，我似乎還有一種隱約的感覺，就是他喜歡用這種方式置你們於驚恐萬狀之中，藉此極大地滿足他的復仇欲。」

「聰明！吉倫，我真是服了你了！」我將身子靠到椅背上。

「破解這類謎團靠的是邏輯推理和縝密觀察，光聰明是不頂用的。」吉倫聳了聳肩膀說，「在推理的過程中，一味排斥超自然的力量是不明智的，往往在沒有明顯證據可尋的情況下，答案或許就來自冥冥之中的感覺。帕克，我遇到過很多不可思議的事，有些比這要複雜得多，不少都和幻覺有關，指望用常理是根本找不到答案的。在我們的生活中，今後肯定還會遇到不少這類事的。」

「為什麼要這樣說呢？」

「這些事情的發生都是有一定背景的，帕克，你信嗎？它能發生一次，就有可能發生第二次，我們所能做的就是隨時準備迎接它們的挑戰。」吉倫一本正經地說。

「這麼說，你是早就預料到箭山監獄會發生這種事？有未卜先知的本領？」

「怎麼說呢？也許是，也許不是，也許我只是個喜歡旅行

的通俗作家。」他故弄玄虛地對我一笑，夾著他的筆記本站了起來，「好了，帕克，我不想再跟你說了，這時候還能不能弄到黑啤酒，我都快渴死了。」說完，我們都開心地笑了起來。

　　一個星期後，吉倫沒打任何招呼就突然離開了箭山村，誰也不知道他去了哪裡，也不知道是否還能再見到他，總之，他就像是個謎一樣，六十年來仍然縈繞在我的心中。

　　雄鹿吉倫究竟是誰？他又來自哪裡？或許唯有他筆記本上的那個句子，是讀懂他的一把鑰匙：如果一個吉姆巴克單獨站在海岸邊，在月黑風高時歌唱，有多少沙礫會印上他的腳印？

最後的證據

十一月的洛杉磯陽光燦爛。

我正站在法院臺階上，而我的繼母諾瑪·克魯格和她的情夫魯斯·泰森，攜手從樓裡走了出來。

在擠滿旁聽者和記者的法庭上，陪審團居然會驚人地判決道：「無罪！」

我異常憤怒地從法庭裡跑出來，我清楚地知道，父親是被他們謀殺的。洛杉磯的空氣雖已被汙染得不再清新，但是相比不公正的判決，卻已令人好受得多。

諾瑪身穿一件樸素的藍色上衣，白色的衣領將她襯得十分端莊。她故意在臺階上停下來，於是一群吵吵嚷嚷的記者，還有跑來跑去的攝影師便圍了上去。她深深地吸了一口氣，用勝利的眼光睥睨著這座城市。

諾瑪今年三十六歲，而我父親魯道夫·克魯格被謀殺時，已經六十五歲了。這個身材苗條的女人，全身都充滿著性感的氣息，可是在審判期間，她始終輕聲細語，做出端莊的淑女樣，贏得了陪審團裡那些男人的好感。

她那一頭閃亮的深色褐髮，襯托著精緻細膩的五官，尤其是她富於表情的嘴唇，可以做出各式各樣的微笑 —— 那是她臉上笑著的唯一部位，因為她的藍眼睛總是冷冰冰的，而她突出來的下巴，就像是一把無情的手槍。

在諾瑪轉過臉時，我看到她那甜蜜的笑容十分詭異，高

深莫測。

諾瑪快步走下臺階，身後跟著一個被馴服的寵物 —— 泰森，他也被同一個陪審團宣布無罪。

走到我身邊時，諾瑪猶豫了一下，停了下來。雖然自從她和泰森被捕之後我們就再沒有說過一句話，但她知道我恨她。我用無數次沉默和我的眼神告訴了她：我恨她。

「祝賀妳，諾瑪。」我冷冷地說道。

她飛快地掃了一下記者們懷疑的臉，然後謹慎地回答道，字斟句酌：「謝謝，卡爾。」然後又用她那甜言蜜語的高腔說，「這真是太好了。我非常相信我們的司法系統，從來沒有懷疑過審判結果。」

我說：「諾瑪，我不是為審判結果而祝賀妳。妳很聰明，而且到目前為止，也很幸運。」

「到目前為止？」她稍稍偏過頭，只留給記者們一張側臉。她悄悄地衝我一笑，低聲對我說，「比賽結束時，輸的人哭，贏的人笑。」

那一刻，我真想一拳打在她那伸出來的傲慢的下巴上。

「克魯格先生，」一位攝影師喊道，「你願意和你繼母拍個合影嗎？」

「當然願意，」我回答，「不過我需要一個道具 —— 你有

一把鋒利的長刀嗎？」

諾瑪緊張地沉默著，然後表演似的說：「親愛的卡爾，你受刺激太大了，以至於變得偏執。在目前情況下，我認為這很自然，我一點點也不怪你。」她停頓了一下，「親愛的，我們還會再見面，對嗎？」

「妳避不開我的，除非妳搬出去，否則我們就住在同一棟房子裡。」

諾瑪猛然閉上嘴，扭過臉。我凝視她的腦後，幾乎可以看到，她腦子裡的機器突然停止了運轉。

「克魯格太太。」一個身材和男人一樣粗壯的女記者問道，「妳準備在不久的將來，和魯斯‧泰森先生結婚嗎？」

諾瑪轉向了泰森，打量著他，就好像他是一個沒怎麼玩就扔下的玩具。諷刺的是，魯斯‧泰森和我差不多大，只比諾瑪小三歲。他也是一頭褐髮，胖胖的臉上，一雙棕色的眼，嘴很大，此刻正像一隻馴順的小狗一樣，咧開嘴傻笑。

諾瑪轉向那個和男人一樣的女記者，謹慎地回答說：「在目前的情況下，談婚論嫁不太合適 —— 對不起，無可奉告。」

說完，她得意洋洋地走開了，泰森跟在她的後面，而記者們則圍在她兩邊。

當他們分別乘計程車離開後，我跑到最近的一家酒吧，

排解自己的一腔憤怒。我喝了四杯馬丁尼酒，仔細檢查著尚未停止冒煙的廢墟，想從中找到線索 —— 是的，我要報復。

六個多星期的審判中，泰森罪名成立與否，關係到諾瑪自己的自由，所以她請麥克斯韋爾·戴維斯為他辯護。這位出色的律師把許多殺人犯又原封不動地送回了社會，這方面他是人才，沒有人能和他相比。他曾經誇口道：就算一個人在刑偵科辦公室槍殺了自己的母親他也能讓他無罪釋放。而諾瑪自己的律師就沒那麼有名。當然，全部費用都由她支付。

這件案子無疑是很清楚的，清楚到任何一個法學院的學生都能把諾瑪和泰森 —— 顯然是她的情夫 —— 釘到正義的十字架上。

魯道夫·克魯格是電影界名人，是的，也許我父親是老一輩中最了不起的製片人兼導演。而他在自己家客廳被槍殺一事，從表面上看是在偷竊過程中發生的，但警方認為偷竊不過是我繼母和泰森故意設計出來的，目的無非是為了掩蓋謀殺。

原告堅持認為，諾瑪那天去箭湖別墅，只是為了證明她的無辜。當她在那裡熱情招待後來她的幾位不在場證人時，泰森殘忍地槍殺了我父親，並搶走他的錢包、鑽石戒指和其他值錢的東西，然後故意推倒桌子，打破電燈，搞亂抽屜，逃之夭夭。

警方開始很困惑，然後便懷疑這些假象。顯然，魯道夫·克魯格正坐在椅子上閱讀，第一顆子彈從近距離處射進他的後腦，當他向前倒下時，第二顆子彈打穿了他的脊背。

　　很明顯的，這是一次出其不意的謀殺，可為什麼要推翻桌子，打破電燈，偽裝成一次打鬥呢？一個小偷，除非被逼得走投無路，否則是不會出手殺人的 —— 那不可能。而且，小偷一般不會攜帶槍支，更不用說是一支笨重的德國長管手槍。從現場的子彈來看，所謂的「小偷」用的就是這種手槍。剛好我父親就有這樣一支手槍，這難道是巧合嗎？那支手槍不見了，難道又是巧合嗎？

　　警方並不這麼認為。在細緻的調查後，他們挖出了泰森，又透過泰森順藤摸瓜地找到諾瑪。他們在泰森的公寓裡發現了一張諾瑪寫給泰森的便條，便條沒有提到具體的事，但它卻提到「在我們討論過的重要的時刻」，諾瑪希望自己在箭湖。最後，在一張推倒的桌子上，警方得到了泰森的指紋。另外在謀殺前一個小時，有人在靠近現場的地方看到過泰森。

　　但麥克斯韋爾·戴維斯卻輕蔑地指出了警方證據的漏洞：泰森的指紋當然會在客廳桌子上。作為我們家庭的證券經紀人，他經常到那裡，即使他主要是來看諾瑪的，也並不意味他一定就是凶手。「陪審團應該記住，被告受審不是因為通姦。」

至於那支德國手槍，也許是小偷在書房的抽屜裡發現了它，然後在殺完人後帶走了。如果不是這樣，那麼它又能在哪裡呢？警方能把它找出來嗎？並且，警方能證明我父親是被他自己的槍射殺的嗎？而那張便條，戴維斯說，它的內容太含混了，根本不能當做策劃犯罪的證據。不管怎麼說，它都沒有暗示任何邪惡內容的言語。因為魯道夫‧克魯格越來越猜疑的性格，他在去歐洲時僱了一名偵探監視諾瑪。諾瑪知道這件事，所以想在丈夫回家時到箭湖，因為她擔心偵探會報告她和泰森的婚外情。這也就是她在便條中所說的「重要的時刻」。

　　於是，陪審團宣布說，「無罪！」便把他們釋放了。

　　可想而知，這件事牽涉到鉅額財產。如果陪審團判定諾瑪有罪，她將失去繼承我父親財產的權利，屆時那筆錢就歸我了。

　　我父親把他的一部分證券和比弗利山大廈的一半產權，以及其他一些財產留給了我，但是他大部分的錢只由我代為保管，而錢的利息則歸諾瑪所有。只有她被定罪或死亡，那些錢才能歸我所有。

　　我父親賺了一筆錢，總共有七百萬，他是那種精明的投資者，從來不亂花錢。貪婪的諾瑪，「只」得到一百萬元的現金。

但是，不論如何，每年六百萬元的利息，還是相當驚人的。

　　我父親沒有把他的錢全部留給我，對此我不該有何怨言，因為在他資助的幾次商業活動中，我都大敗而歸。但我畢竟是他的親生兒子，那些錢應該屬於我 —— 他居然更相信那個詭詐殘忍的諾瑪，卻不相信自己的兒子，這怎能讓我接受？

　　父親跟諾瑪結婚時，離我親生母親的去世已經很多年了。諾瑪在我父親投資的一部廉價電影中擔任了一個配角。她不是一個好演員，卻不料，她在法庭證人席上卻有著出色的表演 —— 當然，那也是她唯一的一次。

　　我承認，諾瑪很有魅力，知道怎麼討好人，更會捕捉機遇。當她看到新一代的電影界開始排斥我父親時，那正是父親受到巨大打擊的最艱難時期。

　　他很固執，不願追隨時代潮流而改變自己。因此那些曾經熱捧他的電影界大廠，現在卻拋棄了他，沒有絲毫情面。

　　公開場合，諾瑪對我父親好像很感興趣，私下裡也似乎非常崇拜他那被遺忘的才華。她可以連續幾小時陪著他，就坐在他古老的大廈中觀看他以前那些為他帶來榮耀的影片。

　　諾瑪是為了錢才跟魯道夫·克魯格結婚的，而後者則是因為她使自己恢復自信。

我父親那種古板而生硬的性格，並不討人喜歡。除了身材高大，他相貌並不英俊，禿頭和一對大招風耳襯托著一張毫無表情的臉，很難說會吸引女孩子的目光。

　　他的確輕鬆快樂過，但那些快樂越來越成為記憶中的印痕，就和他的聲譽一樣，漸漸從生活中消失了。

　　他有著強烈的報復心，對他的敵人刻骨銘心。而他的剛愎自用，又會促使他不惜一切代價 —— 為了恢復他曾經的地位。可惜，他後來拍的一部為挽回聲譽的電影，票房收入並不理想，於是他就這樣又被人遺忘了。

　　婚後諾瑪仍然一直討好他，然而他們的生活卻並不平靜。

　　我父親自己也很清楚，他並不討女人喜歡，更糟糕的是，諾瑪只相當於他自己年齡的一半，所以他疑心日重。他總是懷疑她背叛自己，然後花大量時間和金錢去驗證。有時他會假裝出遠門，然後突然回來，或者自己真在外面時，就僱一個偵探監視她。他曾在電話裡裝上竊聽器，甚至還出錢僱了個落魄的英俊男演員去勾引她。但是，他這些驗證都失敗了，始終警覺的諾瑪，讓他的所有辦法都失效了。直到最後，一位私人偵探終於發現了她和泰森的祕密，只是還沒等到他向我父親報告，我父親就被殺死了。

　　我父親住的那棟充滿了懷舊氣息的大廈，在我看來未免

有些陰森森的，所以我不喜歡住在那裡，而是自己在布蘭特伍德租了一間公寓。而在我父親被殺、那對情人被捕後，我又搬回了大廈——我的目的很明確，就是徹底搜查一遍整棟大廈，找出他們犯罪的證據。

顯而易見，形勢對我非常有利。我父親沒有僱傭人，他認為他們總是把主人做了什麼、說了什麼都傳出去，所以家裡很清靜。而我僱的傭人，也主要是白天來幹活，所以晚上就只有我一個人。我希望能找出一些警察沒有找到的證據。

負責本案的是溫斯特羅姆警官，他對我的想法啞然失笑：他都沒找到，我怎麼可能找得到呢？但他倒不反對我去試試。

我的目標就是那把德國手槍，或者說，槍上的指紋。溫斯特羅姆說我是在浪費時間，因為人們一般不會把凶器留在現場附近，所以那把手槍可能永遠也別想找到了。

可我自己卻始終認為，那把手槍一定還在屋裡，我也不知道為什麼，就是有這樣一種感覺。

是的，預感。就是這強烈的預感，令我一閉上眼睛，就彷彿能看到它正躺在某個黑暗隱蔽的角落裡，等著我去找到它。

於是我翻遍了整棟大廈，就差把牆推倒了，可仍舊一無所獲。我有點相信溫斯特羅姆的話了，也許它根本就不在屋

裡。更掃興的是，我也沒能發現其他能證明諾瑪和泰森有罪的哪怕一片紙、一塊布、一點點血跡甚至一根頭髮。

審判離結束越來越近，我簡直要瘋了。我甚至躺在床上，夢想著能夠製造他們犯罪的證據。

審判結束了，他們被無罪釋放了，永遠逃脫了法律對他們應有的懲罰。我幾乎能聽到他們在得意地笑。

黃昏時，我離開了酒吧。我想出一個辦法，危險而孤注一擲。可是，只要我能成功，那麼不但可以報仇，還可以順利得到遺產。

那棟大廈就坐落在俯瞰著日落大道的山坡上，像博物館一樣呆板。我沿著山坡向上爬，看到了屋裡的燈光。

我驚訝地發現，屋裡居然就只有諾瑪一個人。她正坐在書房裡的書桌後面核對帳單，簽著支票。現在，她穿著一件天藍色的緊身衣，全身各個部位都顯得一清二楚，頭髮也重新梳理過，臉上還化了妝。她現在的打扮與法庭上截然不同，白天的她更像一個羞怯、呆板的修女。

「歡迎回家，諾瑪。」我悄悄走進去，跟她打招呼。她驚訝地抬起頭，眼中卻沒有任何恐懼。她確實很有膽量。

「在計算戰利品嗎，諾瑪？」

她微笑著，卻冰冷地說道：「坐吧，卡爾，我知道你會來。」

「知道我會來？」我邊說邊坐進一張椅子中。

「那當然。你本來就住在這裡，不是嗎？」她頗有些諷刺地說。

「是呀，」我說，「我希望妳不會覺得我礙事。」

「你一直都那麼恨我，卡爾，你把我想得很壞，就跟那些自以為是的記者一樣愛捕風捉影。既然十二位聰明的男人都認定我無罪，為什麼你就不能懷疑一下自己的判斷呢？」

我伸出一根手指，指著她說：「妳知，我知 —— 因為，妳謀殺了我父親！」

「根本沒這回事！」她臉色鐵青地叫道。

「泰森舉著槍。」我描述著，「但我認為，是妳扣動了扳機。」

「卡爾，」她有些無力地說道，「我，我愛你父親，可是你……」

「別來這一套，諾瑪！妳跟我一樣不愛他。」我說著言不由衷的話，「他是個討厭的老古董，一個固執又愚蠢的暴君。他從來都不為別人考慮，他的眼中就只有他自己。在他那個小王國中，他就是一個小『希特勒』。不用糊弄我 —— 我們都痛恨他！」

這砦謊言未必全是假的，有一些倒確是真話。我覺得她

在籌劃謀殺我父親時，腦子裡大致也會這麼想。

「卡爾！」她喊道，看得出來她確實非常驚訝，「這太難以置信了！你，你忘恩負義，要知道，你父親幫過你很多忙。」

「諾瑪，不要這麼虛偽，好嗎？」我像她的同謀一樣衝她眨了眨眼。

她嘴角邊終於露出一絲微笑，承認了我的話：「我也許有點虛偽 —— 一點點而已。不過，卡爾，我從來沒有想到，我的意思是，如果你這麼不喜歡你父親，那你掩飾得實在太好了。這麼多年來，你都沒對我說過一句批評他的話。」

「就這一次 ——」我說，「現在開誠布公吧，我們是敵人……哦不，不是敵人，是競爭者。我要是告訴妳我對老頭的真實想法，妳轉過臉去就會告訴他。妳會想辦法毀了我，對嗎？」

諾瑪舒服地往椅子上一靠，點起了一支菸：「無可奉告。」

她臉上的笑容印證了我的話。「你這個人真矛盾，」她繼續說，「你自己也痛恨你父親，為什麼還要仇視我呢？」

「妳難道猜不出來箇中緣由嗎，諾瑪？我對妳本人並無惡意。可是我喜歡錢，尤其那些理應屬於我的錢。所以我真希望陪審團判妳們有罪。」

「瞧瞧，瞧瞧，你這人真殘酷。」

「哪裡的話。可惜我不走運，失敗了。」

「你不在乎你父親被謀殺？」

「事後妳看見過我哭嗎？我在乎的只是錢，有錢就是幸福。但是諾瑪，我要告訴妳：泰森把事情弄得一團糟——他太粗心了。如果妳跟我合作的話，就根本不會有什麼陪審團的事了，根本不會有什麼案子要交給他們審判。」

她面無表情卻仔細地打量著我。

我繼續說：「諾瑪，聽著，要不是妳明智地請了麥克斯韋爾·戴維斯，泰森肯定就完蛋了，他會連累妳也完蛋的。這次妳們能逃脫，要全歸功於戴維斯，他打官司真有一套。」

諾瑪贊同地笑起來，發出「咯咯」的聲音，我也跟著她笑。「那個老傢伙堪稱藝術家。」

我無奈而又不得不敬佩地搖搖頭，聽她繼續說道：「他真是天才！他把證據轉到他想讓你看到的那面。比如桌子，泰森愚蠢地在上面留下了他的爪子，可你以為他死定了？沒有，麥克斯韋爾·戴維斯跟我們說，他的指紋應該留在客廳的那張桌子上。泰森來的時候總會到那裡坐著，所以，他坐在桌邊把手放在桌子上是很正常的。」

我嘆了口氣：「他也實在太愚蠢了，為什麼他不戴手套呢？」

「啊,他戴了!」諾瑪為那個笨男人辯護說,「可是他不得不把手套脫一下,因為 —— 」她張著嘴,瞪大眼睛看著我,可能以為我會淡然一笑,然後滿不在乎地聳一聳肩膀。

「多謝,諾瑪,」我站起來,怒吼道,「這就是我想知道的!」

我衝她走過去,恨不能用手掐住她的脖子,卻看到她把手伸進半開的抽屜。然後,我驚訝地瞪大眼睛,看到了一支烏黑的德國手槍 —— 那槍眼正對著我自己。

諾瑪平靜地說:「跟你說吧,卡爾,我知道你會來。」

「那是我父親的手槍!」

「泰森不敢把它帶走。」她說,「如果警察從他身上搜出這把槍,那我們就全完了。所以他把它藏在了屋子裡。」

「藏在哪裡?我怎麼一直都沒找到它?我對大廈這麼熟悉……」

一瞬間,我又聽到她咯咯的笑聲:「你在冰箱裡找過嗎?」

我不知所措地點點頭,說:「對兩個業餘的凶手來說,這真是個聰明的辦法。不知道我告訴溫斯特羅姆時,他會有什麼樣的反應。」

諾瑪重新坐下來,舉著手槍對著我,不無嘲諷地說:「我

想你一定盼著溫斯特羅姆警官能撲過來逮捕我 —— 可是，他可做不到。」

「他的確做不到，」我同意她的說法，「我知道對同一案件不能再次起訴。那麼妳現在想要幹什麼，開槍打死我？」

「別瞎扯了，卡爾，我不會這麼冒險的。」諾瑪說，「可是你也不要惹我。走吧，別妨礙我。如果你肯把你在大廈的股份賣給我，我倒是願意出高價。」

「妳讓我考慮考慮，回來再把決定告訴妳。」我說，「但現在，把手槍給我，不然等我從妳手中硬搶時，妳那張漂亮的臉可能就要被抓破了。」

她猶豫了一下，最終把槍交給我。我收好槍，走了出去。計畫能進行得如此順利，簡直出乎我的意料。

第二天早晨，我對諾瑪說，跟她同住一起，會讓我感覺到噁心，所以我選擇離開。然後我收拾好行李，搬回了自己的公寓。我花了兩天時間，把計畫中最細微的部分都考慮到了，然後打電話給她。

「我決定把我在大廈中的全部股份都賣掉。」我對她說，「我希望妳能按照承諾的那樣，高價收購。我知道妳付得起這價錢，諾瑪。」

「這大廈，其實沒什麼用處。」她狡猾地說，「現在沒人會買這種古老的房子。他們告訴我這房子最多就值七萬五。所

以，我願意對你大方一點點 —— 我會出五萬買你的股份。」

「這房子是不算什麼。」我坦誠地說，「可是那還有近乎一英畝的地，放在一起賣就很值錢了。所以妳應該給我十萬元。」

「應該？」

「對，應該，而且我要的是現金。」事實上，也許我並不需要現金，但我有自己的理由。

「為什麼要現金？」她有些不安，「這要求很荒唐。」

「妳最好馬上就去銀行。」我說，「明天晚上八點，我就過來拿錢。聽著，讓泰森帶來一份出讓證書，我要在上面簽字。當然，這樣他就可以作為見證人。」

「聽著，卡爾，你不能指揮 —— 」

「我可以！別打斷我，我還有話要說。告訴泰森，讓他再帶一份我父親所有證券的清單，以明天收盤時的價格為準，附上它們的估價。妳也要給我一份大廈其他物品的稅後清單。」

「不！」她高聲叫道，「這些跟你沒有任何關係，你這是在訛詐，我不接受。就算你把真相說出來，我也不在乎，現在誰也不能把我們怎麼樣。」

「妳錯了，」我說，「他們確實不能以同一罪名起訴妳，

但他們卻能用另一樁罪行輕鬆地起訴妳。妳知道作偽證犯法嗎？他們可以以此判妳和泰森兩年徒刑。我敢跟妳打賭，他們很樂於這麼做。」

接下來是一陣沉默。

「好吧。」她平靜地說，「我會照你說的那樣做。但別以為我這麼做是因為怕你，那我寧願進監獄。」

「別擔心，諾瑪。我要的只是那十萬元現金。」

「還有，」她的大腦顯然又活躍起來，「我相信，證明那種偽證指控站不住腳，這對麥克斯韋爾·戴維斯來說很容易就能辦到。」

我沒有說話，我知道她說的是這樣。兩天前，在我離開大廈去布蘭特伍德時，我遇見了那個人 —— 麥克斯韋爾·戴維斯。他有事來找諾瑪，看到我後，在大廈的臺階上停下來，跟我握手。

「小夥子，不要對我有何不滿，」他說，「你要理解，我只是在賺一份錢。」

他身材高大，為人熱情洋溢，眼角滿是「親切」的皺紋，操著南方口音，舉止也像一個舊式南方貴族。我可沒有那麼孩子氣，我並非多麼憎恨他，無疑他把工作做得十分出色。我跟他握了手，並對他說，撇開個人感情，我認為他或許是當今世界上最傑出的一位辯護律師。

諾瑪繼續說著：「我不想讓泰森過來。為了避免一些令人生厭的曝光，我們已經決定這段時間不會見面。」

　　「這真讓人感動，」我說，「可是，我要泰森在場——就這麼定了。只要妳告訴他嘴巴關緊點，天黑以後悄悄過來，就不會招惹麻煩了。」

　　「好吧。」她同意了。

　　「告訴泰森，如果他不想找麻煩的話，最好準時到這裡——一分鐘也別遲到！」

　　我結束通話了電話。

　　第二天晚上，六點四十五分，我來到一個規模不大的電影院裡：在售票間和售票員多麗聊天。我選擇這家電影院，是因為我父親死前幾個月他剛好買了這家電影院的股票。因為這個關係我認識這裡的工作人員，更重要的是，他們也認識我。

　　第一個早場電影從七點開始放映。我早就看過這兩部電影了，它們一起放映共需三小時五十六分。

　　在走廊上，我看到了經理比爾·斯坦墨茨正在和一個漂亮姑娘調情。

　　我走過去跟他聊了大約五分鐘，然後走進放映廳，在緊急出口邊的一個位子上坐了下來。售票員偶爾會進來擔任領座員，然後大部分時間都會在門外。

還差十五分就到八點整，我環顧了一下四周，發現一小部分觀眾坐在中間的位置，正在聚精會神地看電影。放映廳裡，沒有工作人員在走動。

　　於是我悄悄地從緊急出口溜了出去。我從口袋裡掏出一張卡片，插進門縫，這樣門就不會關上，可以保證我回來時可以順利從這裡進來。

　　諾瑪和魯斯‧泰森正在客廳裡等待著。那個男人顯然很不安，他時不時緊張地看我一眼，好像我的臉是溫度表。

　　諾瑪倒很沉靜。我在出讓證書上簽了字，泰森作為證人也簽了字。諾瑪遞給我一個裝滿錢的手提包，但我沒有費神打開它去數錢。

　　泰森拿出一份證券清單，諾瑪也遞給我幾張紙，正是我要求的統計單據。我粗略地把這些翻了一下，然後折起來放進了上衣的口袋裡。其實，我只要花點時間，就能搞到這些東西，不過我還是讓他們倆做一些事情，才不會起疑心，也就不會猜到我真實的目的了。

　　「現在我要給你們一樣東西，可以說是對你們辛苦勞動的報酬。」

　　我打開放在腿上的盒子，這是我進屋前從汽車行李箱裡拿出來的。盒子裡，是那把德國手槍。

　　我托起手槍，對諾瑪說：「諾瑪，妳一定很樂意重新得

到它吧？」

「當然。」她回答著，然後站起身，第一次露出微笑。

「諾瑪，妳微笑的時候真迷人，雖然有些邪惡。」

她微笑著向我走來，而我則掉轉槍口，扣動扳機 —— 我向她開了三槍。諾瑪就像被一隻看不見的巨手打中一樣，跟蹌著向後退去。

她剛一倒在地上，我立刻就把槍口對準了泰森。

他嚇得眼睛瞪圓了，像一隻落水的小狗，全身都在發抖。

「泰森，」我說，「好好看看她。你不想像她一樣死吧？」

他飛快地低下眼睛，瞥了一眼地上的屍體。此時的泰森連話都說不出來，只是拚命地搖頭，表示他不想死。

我說：「泰森，如果你不照我說的做，你馬上就會和她一樣。」

「什麼事都可以，」他嗚咽著說，「你讓我幹什麼都行。」

「真正殺害我父親的凶手是諾瑪，你只是他的工具，」我安慰他說，「她其實只是在利用你，對嗎？」

「對，」他聲音顫抖地說，「她利用我，我……我不知道我在幹什麼，我無法抗拒她。」

「說得對。所以我要給你一次機會，我要你寫一張便條，

承認你 —— 和諾瑪，殺了我父親。然後你帶上這十萬元，夾
著尾巴趕快從這裡離開。如果你被抓住，那你就完了。我會
否認你的指控，便條將會證明你的罪行。但至少在那之前，
你得到過一次倖存的機會。這樣公平嗎？」

他用力點頭：「非常公平。」

我帶他走到客廳的桌子，讓他自己打開抽屜，拿出我父
親的紙筆。我轉到桌子的另一邊，舉槍對著他。槍口離他的
太陽穴只有一英寸。

「拿起筆，」我命令他說，「一字一句都照我說的寫。」

然後我口述道：

「我不得不懲罰諾瑪，因為她逼我殺了魯道夫·克魯格。
她有一種神奇的力量，控制了我，我無法抵抗。她的聲音
在我腦海裡低語，讓我去殺人。現在我不得不終止這個聲
音 —— 願上帝保佑我！」

「這個便條好像很怪。」我說，「卻也符合眼下的情形。
如果你被抓到，你可以說自己精神不正常。現在簽上你的名
字！」

他一簽上名字，我立刻將槍口靠前，頂住他的太陽穴，
並按下扳機。

我擦好手槍，把泰森的指紋按在上面。然後，我把一支
鉛筆插進槍管，挑起手槍，扔到他晃動的右手下。

我拿起手提包，現在那裡面除了裝著十萬元現金，還放進了出讓證書和裝手槍的盒子。我走出大門，鑽進汽車，沒有打開車燈，就這麼開走了。

　　此後，我順利地回到電影院，沒有人看到我。散場的時候，我又和斯坦墨茨聊了幾分鐘，話題就是剛才的兩部電影，我還接受了他對我失去父親的安慰。

　　最後，我拍了拍多麗的背，笑著離開了。

　　這些精心設計的用來證明我不在場的辦法，全都白費了。

　　我根本就沒有受到任何懷疑。

　　幾天後，在我還陶醉於勝利的喜悅時，我接到了溫斯特羅姆警官的電話。

　　「你搞錯了。」他說。

　　「這是什麼意思？」我覺得後背泛起一絲涼意。

　　「你搜尋你父親的房間時，沒有發現最讓人不可思議的證據。如果你及時發現的話，陪審團毫不猶豫地就會判他們倆有罪。當然，現在這沒有什麼關係了。不過我認為你會覺得這非常有趣，克魯格先生。」

　　「什麼證據，警官先生？」

　　「克魯格先生，我不想在電話上跟你說這些，你只有親眼

看到後才會相信。你有時間過來一下嗎？」

「當然有。」我馬上回答道，雖然警察局是我最不願意去的地方。

溫斯特羅姆一副樂不可支的樣子，好像隨時要大笑起來。他帶我到一間陰森森的審問室，那只有一張桌子和幾張椅子，窗簾擋住了外面的月光，頭頂上的燈光顯得非常刺眼。

桌子上是一個黑色的盒子。一位身穿制服的警察耐心地站在桌子邊。屋裡還有刑偵科的斯坦伯里警官，我以前也見過他。他們都是一副樂不可支的樣子。

過了好一會，溫斯特羅姆才慢慢收斂起笑容，開始詢問我有關我父親職業的一些問題。我告訴他，我父親從剪輯師起家，當過攝影師、導演，最後才成為一位製片人。

突然，他轉過臉，大聲問道：「你知道你父親非常嫉妒你繼母嗎？」

「知道。這是千真萬確的。」

「他花了很多時間和金錢去調查她，是嗎？」

「是的。」

他咧嘴笑了：「好，跟你實說吧：在你繼母的情夫殺害你父親時，你父親拍下了這一過程。」

「什麼！」

他笑著點點頭：「我們昨天才發現那些隱藏的攝影機，當時我們從客廳的牆上挖下一顆子彈，偶爾發現旁邊隱藏得非常巧妙的鏡頭。然後我們順藤摸瓜，還找到了其他很多鏡頭。安裝這套裝置，你父親一定下了不少工夫。整個系統是聲控的，房間裡只要有一定程度的動靜，整個系統就會自動啟動。而沉默三分鐘後，系統又會自動關閉。它們的工作是連續性的，一個攝影機的膠捲用完後，另一個攝影機馬上就會開始工作。他在屋子裡到處都安裝了這樣的聲控攝影機。

「他被害時，剛從歐洲回來，推想他很有可能沒能來得及關掉攝影機。所以當泰森殺害他時，攝影機正在運轉。啊，現在還是請你親眼看看 —— 奈特，給這位先生放膠捲看看！」

我轉過頭，看到那名叫做奈特的人把盒子拿掉，露出一臺裝好膠捲的放映機，斯坦伯里警官則迅速拉起銀幕。然後屋子裡的電燈關了，放映機轉動起來，畫面出現了。

開始我很迷惑。畫面上，諾瑪和泰森站在一個客廳裡。他們似乎在不安地等待著什麼。然後我聽到諾瑪提起我的名字，接著就是我自己走進了房間。

「哦，不！」溫斯特羅姆警官喊道，「奈特，你放錯膠捲了！……咦，好吧，那麼我們就先看這一捲好嗎，克魯格先生？」

我沒有回答。

他的聲音對我而言顯得十分遙遠，就像從某個隧道的另一頭傳來的一樣。而我，則看到自己打開盒子，托起那把德國手槍。

「諾瑪，妳一定很樂意重新得到它吧？……諾瑪，妳微笑的時候真迷人，雖然有些邪惡。」

手槍在我手中顫動著，響起了陣陣槍聲，接著諾瑪向後跟蹌著，倒在了地上。

審問室的電燈重新亮了起來，但光明中卻是一片緊張的沉默。

「呃，克魯格先生，你在想什麼？」溫斯特羅姆的聲音適時地打破了安靜，「現在你有什麼話要說嗎？」

我考慮了很久。

「我想我最好給一位律師打電話，」我回答說，「在此之前我沒什麼可說的。」

「律師！」溫斯特羅姆帶些嘲笑的口吻說，「你們聽到了嗎，律師！省點錢吧，克魯格先生。有這樣的證據，我看你不需要什麼律師了。承認你有罪，然後跪下乞求法官的寬恕吧。好好想一下，這種案子法官會怎麼判罰你？你只能向上帝祈禱了。」

我說：「我不得不冒犯你一下，警官。我不想祈禱，那對我沒用。如果可以，你讓我打一個電話，我倒願意試試我的運氣，請麥克斯韋爾・戴維斯律師為我辯護。」

最後的證據

獵

天矇矇亮了，可以看清進林子的路了。

漢森走出木屋，向他心愛的山谷大踏步走去，他心中有一個願望，但願昨天看到的牡鹿還在那裡。

這麼多年來，他的木屋壁爐上始終保留了一個位置，等待一個巨大的鹿頭懸掛其上。而今天，他就要抓住那頭牡鹿，完成這個一直以來的願望。

他發誓：如果有必要，他今天會一直狩獵到天黑，為此他穿了厚厚的棉衣，完全可以抵禦零下十度的嚴寒。並且，他在襯衫裡塞了兩份三明治，口袋還裝著一個盛著熱茶的保溫壺，然後在左臂挎上了他的武器 —— 一把來福槍。

漢森在厚厚的雪地上，邁著疾飛而穩健的步伐。這裡他已經有很多年沒有來狩獵了。

在一個低低的小丘頂上，漢森駐足了下來。他看到斜坡的盡頭通向樹林，上面孤零零地躺了一輛被積雪覆蓋的老轎車，可是輪子和窗戶卻不知去向。

印象中，自孩提時代起，那部車就停在這裡，每當春天積雪融化，老轎車就會跟春草和山花一樣從雪裡「長」出來。

把轎車開到那個地方，不管是誰，必定是開著它穿過了那邊的矮叢林和樹林，還在老漢森先生在世時，他就曾說只有醉得一塌糊塗的人，才會在沒有月色的晚上這樣開車，做出那種事。而村民則對老轎車議論紛紛，猜測車的主人要不

就是一定要處理掉它的歹徒，要不就是某位固執的陌生人在迷路後，於睏倦中開到了這裡來，然後在早晨醒來後發現車的處境，只好說聲去他的，而後走開。

漢森信步走下斜坡，忽然間停下腳步。

這個尚處於天亮前的灰色清晨，除非是幻想和他玩了什麼把戲，不然汽車裡怎麼會有煙冒出來呢？無疑，一定有人在汽車裡面生火，那本身也並不稀奇，比如迷路的獵人，在夜色裡爬到破車中過夜，這也不是第一次了。以前還有人想得更加周到，在車頂上鑽了個洞，地板上也挖幾個洞，當成是壁爐的鐵柵。

而這次，漢森走近看時，發現了兩個男子，可他們都不是獵人，而是戴著皮毛帽，穿著大衣和普通皮鞋。其中一個畏縮在後座的角落裡，帽子蓋住了兩隻眼睛；另一個則在快要熄滅的火堆上彎身烤火取暖。

「嗨，你們好！」漢森大聲招呼道。

其中那個彎身烤火的人抬頭，呆滯的目光注視著漢森。他翻起的大衣領上是一張慘白的臉和紅色的頭髮，看他的年齡，可能還不到漢森的一半。

雖然有火，但是破車裡依然寒冷徹骨。漢森知道這孩子必須暖一下身子，才能夠行走。雖然身強力壯，但他可不想抱著一個和他一樣高大的孩子下山，在這冰天雪地裡。

他倒了一杯熱茶遞過去說：「慢慢喝，然後我們再說別的 —— 你必須活動起來，讓你的血液加速循環。你的朋友怎麼樣了？」

那個孩子雙手緊緊抱著杯子，小口喝著茶，低喃著說：「死了！」

漢森拉開車門，弄直了那個縮成一團的人。不錯，他死了，屍體僵直，但他的死不全是因為寒冷，漢森發現，在他外套的胸部下面有一個洞，四周是一圈褐色的汗漬。

這時，漢森知道這兩個人是誰了。

昨晚，新聞播報這個地方發生了一件稀罕的事。在距北邊二十里的鎮上，有一家出售各式工具和電視機的五金行被兩個歹徒搶劫，其中一個搶到八千元，五在逃走時被一位下班的警察打中一槍。

漢森疑惑著：他們怎麼會在這裡，這個荒山野地之中？

他抬頭看到那個孩子也一樣看著他。

「你沒有凍死已經算是走運了。」他這麼說，想讓那孩子認為漢森不知道子彈洞的事。然後他繞過汽車，拉開另一邊的車門，向孩子伸出手說，「走吧，你必須活動活動。」

然後他們在雪地上走了很久，直到那孩子的腳能活動了，漢森才讓他自己來回單獨拖曳著走。

他問道：「你的腳現在怎麼樣了？」

「一點感覺也沒有。」

「把鞋子、襪子都脫下來。」漢森看到他腳上死白的皮肉，不由得說，「我的天，你可真麻煩！」

他遞給那孩子一把雪，讓他用雪輕輕揉腳，從而讓腳恢復些許知覺。

汽車上的屍體還圍著一條羊毛圍巾，漢森解下它來交給了那孩子。

「有沒有感覺？」

孩子搖了搖頭：「沒有。」

漢森拋給他一條大手帕，「用手帕擦乾你的腳，穿上你的鞋子和襪子，然後把圍巾裹在頭上蓋住兩耳。我們得離開這裡。你能不能走路？」

「可以。」

「你叫什麼名字？」

「戈登。」

「好吧，戈登。我們現在就走，回頭再找人來抬你的朋友。」

漢森用鏟子鏟些雪蓋住汽車上的火，顯然，屍體是不需要火的。

當他轉過身來，發現一把手槍正好指著他的腹部。

漢森大笑起來：「你想幹什麼？」

「脫掉你那些暖和的衣服，然後走出這該死的林子。」

漢森拉開穿在身上的夾克拉鍊，「你要這衣服的話，我會送給你，可是你以為你只需要暖和的衣服就夠了？」然後一指樹林，「你知道該走哪一個方向？即使知道，你認為你那雙腳可以走多遠？懂點事吧，戈登。你這個城裡長大的孩子，除非我帶你出去，不然你一定會死在這裡。所以，拿開你的那把槍！」

「沒這麼快，老頭！」戈登說，「我還沒差勁到那地步，我會順著你來這的路走出去。」

漢森咧嘴大笑，心中想這小子可不蠢。

「你認為我是從某個地方直接過來的？」漢森不由得開始撒謊了，「我在樹林裡穿進穿出，尋找鹿的蹤跡。此外還有些小事你沒有想到呢。」

他指了指正在飄落的雪花，「又開始下雪了，你覺得我的腳印能留多久？」

「好吧，我和你打個交道，你帶我出去，我就不殺你。」

漢森拉上夾克的拉鍊，伸手去取他的來福槍。

「把它放下！」一時間戈登語氣鋒利得很。

漢森嘆了口氣，「看，這裡是熊出沒的地方，遇到一條飢餓的熊，你那把玩具槍可不頂用。來福槍不能放在這裡，關鍵時刻它可以救我們的命。」

　　戈登想了想說：「那麼，你把子彈卸下來，老頭。如果真遇到熊了，這把玩具槍有足夠的時間讓你重新放上子彈。」

　　戈登的兩腳可能被冰雪凍壞，但頭腦卻沒有凍出問題。

　　漢森卸下子彈，說：「告訴你，戈登，我得提前說好，你跟著我走可以，但是要從背後開槍，就算了。那樣的話，明年春天等雪融化了以後，我們的屍體就都會被找到。假如你不向我開槍，我會帶你平安走出去，現在我就帶你出去。但是我有一個條件，你要給我你們昨夜搶來的錢。」

　　戈登的嘴唇抿了起來：「像你這樣誠實的公民，不會想要偷來搶來的錢。你善意的心應該樂意幫助我，對不對？你怎麼知道我們昨晚搶了錢？」

　　「除了收音機，還能有什麼？現在你可以走的路只有這條，我想州警們應該都設了路卡，我可以帶你到那裡，我們下山的時候你可以慢慢思考。現在，錢的事怎麼樣？」

　　戈登揮了一下槍，「上路吧，我跟著你走。」

　　漢森順著雪地上自己依稀留下的腳印往前走。

　　戈登看起來不像是因為喜歡才用槍，而是因為用槍是能夠讓他隨心所欲的唯一方法。戈登一直認為槍是世界上最重

要的東西，但在這荒山野地中，在這個冰封的時節，槍卻沒有任何意義，甚至沒有任何威懾力。

假如漢森聽話脫掉那些暖和的衣服，戈登自己也下不了山。但他應該堅持對暖和的羊皮帽子、夾克、手套、厚靴子的需要，即使它們一點都不合他的身材，但他比漢森更需要這些。

一個城裡的孩子，面對這種情形時，比土生土長的漢森更顯得驚恐慌亂。漢森看得出來，而那孩子卻並不知道，寒冷會如何緩緩吸乾一個人的精力，也不會領悟到在這冰天雪地中，健壯的體魄占有多大的優勢。

漢森比戈登年齡大了一倍，可是至今他每天都做晨練，他走一早晨的路，遠要比戈登所走的多得多。

其實，漢森並不怎麼擔心戈登的手槍，他心煩的是要領這孩子下山，再擺脫他，這中間的幾個小時可是很關鍵的，如果失去，就無法狩獵那隻牡鹿了 —— 再看到一頭那樣大的牡鹿，不知要等到何年何月！

現在在他眼中，那隻牡鹿比任何其他東西都更重要。他嘆口氣，也許只有那筆錢才可以彌補這一天的損失。

突然間，戈登放了一槍，子彈落在他跟前的雪地上，一些雪應聲跳起 ——「你走得太快了，老頭！」

本來就生氣被他破壞了計畫，現在又來這一招，漢森惱

火了，轉身對他說：「小子，你再向我開一槍，我就把那把槍塞到你喉嚨裡。」

「我讓你留住槍，是因為我不喜歡從你手上取走。聽見了嗎？」

戈登還想說什麼，可是一看到漢森的臉色，就只動了動嘴唇，嚥了回去。他揮了揮槍，表示繼續前進。

漢森心想，看來我必須繳下他的手槍，否則一旦到他認為不用再依靠我的時候，他就會開槍了。他慢下腳步，離開原來的路，繞到木屋的上面。

現在，雪認真下了起來，沒有停的趨勢，他心裡一陣揪痛：這一來，今年是獵不到那頭牡鹿了。

他領著那孩子走了大約一個小時，遠遠地看到一棵倒地的樹。他踢掉一些雪，將來福槍倚在樹幹上，示意戈登坐下來休息。

「為什麼要停下來？」戈登用槍對著他說。

「老經驗了，」漢森說，「走五十分鐘，休息十分鐘。你要走長路的話，這樣比較輕鬆。」

戈登不可能知道，去木屋就只有十分鐘的路程。

「你瘋了！」戈登尖叫道，「這麼冷的天，我的腳已經僵了，天還在下雪，你居然要休息？」

「孩子，坐下來，」漢森卻很冷靜，「我的手伸進裡面的襯衫時，你不要緊張。我帶著兩個三明治，不是掏槍。」

漢森扔一份三明治給他，戈登伸手接住。

「你說有兩個，我兩個都要。」

漢森微笑著，把第二個也扔給他，然後掏出熱水瓶，「你最好連這個也拿去。」

「你很慷慨嘛，老頭。」戈登撕開了三明治。

「那可不是免費的，你要付錢 —— 應該是八千美金，如果我沒有弄錯的話。」

戈登的嘴巴停住了。

「你真笨，老頭。為了那筆錢我費了好大力氣，怎麼能輕易給你？」

「雖然那樣，你還是會給我的。要活命，這已經算很低的價錢了。你們昨天晚上是怎麼上了那輛老爺車的？」

「我們逃出那個鎮子後，在一個彎道處找到一個冷僻的地方，然後爬上一棵樹，在那等著，希望可以攔住一輛車。可是等了好久才過來一輛車，卻差點碾死我。猜想他們會去報警，所以我們抓著手電筒逃進了林子，想找間屋子過夜。就這樣。」

漢森笑了，「你以為你們在市郊呀？你不知道你們已經很

走運了。這高山上沒有人住，你們誤打誤撞才撞上那輛破汽車。」

這時，戈登喝完茶，繼續說：「也是件好事。斐克中彈了，就在他快見上帝時，老天開始下雪，手電筒的電也差不多用光。我找到一些乾柴，生了個火。再下面一件我所知道的事，就是你來了。」

漢森搖了搖頭：「你知道你會凍死，不是嗎？你剛剛用完一個人一生中僅有的一次運氣。」

「少說廢話，」戈登擺了擺手，「走吧！」

但漢森紋絲不動，「不付款我絕對不走！」

戈登打開了手槍的保護蓋。

漢森舉起左手：「戈登，你玩過撲克牌嗎？我握牌坐著，而你要掀牌，你想誰會贏？你開槍殺了我，然後在山中到處轉，一直轉到被凍死；也許你運氣不錯，能找到一條路或一間房子。可是你的腳呢？我猜想頂多你能再走幾個小時，然後就成了一個真正該做截肢手術的患者了。另一方面，我卻可以領你到處轉，一直到你冷得撐不住，直到兩腿壞得向我討饒，求我揹你走。等到那時，我可以大大方方地拿走錢，一走了之。我是寧願你現在就把錢給我，這是最好的選擇，那樣我們兩人可以一起平安下山。你想想看，你的雙腿和生命難道還不值這八千元嗎？」

159

「假如我給你錢，你能多快領我下山？」

漢森聳聳肩，撒謊道：「也許一小時吧。」

戈登開槍打到漢森頭頂上方的樹枝，震得雪花散落飄下來。

「我願意再跟你走一小時，到那時如果我們還沒下山的話，我就殺了你。如果你現在不走的話，我就在這裡殺你。我猜想我距你要帶我去的地方，最多也只有一小時的路程。」

漢森嘆口氣，伸手取來福槍，他覺得自己逼這孩子已經逼迫得可以了。

戈登雖然吃了食物並喝了熱茶，但他還在半凍僵中，靠那雙不靈活的腳磨磨蹭蹭地跟著跑，很可能已經沒有耐力了。

他領戈登走下山坡，來到一道有轍跡的石砌矮牆邊，這條有轍跡的路像隧道一樣穿過樹林。石牆只有膝蓋高，但是牆那邊的路面卻很低。

這對漢森沒什麼問題，他可以越過矮牆，輕鬆地跳下去。但是對肌肉寒冷、兩腳凍僵的戈登來說，就不那麼輕鬆了，可是此處已別無他途。

「下面會好走一些。我們走哪一邊？」漢森說著，搖了搖頭，「告訴你，沒有錢，我只能領你至這裡。」

戈登看了看左邊，又看了看右邊，到處都是團團飄落的雪花和樹葉，把他孤立在一塊幾平方公尺的世界裡。矮牆和路延向看不見的遠方，沒有任何聲音可以告訴你，哪邊通向文明世界，哪邊通向死亡地帶。

　　漢森掃去石牆上的積雪，坐了下來。「你準不準備談生意？」

　　戈登瞇起雙眼：「我想宰了你，你這貪心的老農夫！我可不讓你任我在這等死，然後讓你獨吞了那筆錢。我現在就應該宰掉你，自己冒險！」

　　「在你開槍之前，記住，你要是選錯方向就死定了。等你認為選錯時，再回頭就晚了。即使你開道正確的方向，你也不能保證要堅持多久。然後，州警來了，你就滿意了。你需要的是一輛車，而我就有車。」

　　戈登全身發抖，一言不發。

　　「現在我要錢。」漢森語氣銳利地說，「假如你到頭來弄得沒有腳了，或者死了，錢對你來說還有什麼用？你已經沒有牌可發了。你現在是叫牌？還是收牌認輸？」

　　戈登又看了看路的左右方向。

　　「這麼說，我是該收牌認輸了，老農夫。」他慢慢地說，「你們誠實公民都是一丘之貉，願意用偷來的錢，卻沒有膽量自己出去搶。等你碰上像我這樣持槍而槍卻不管用的人的時

候，你的手就伸過來了。」

他解開大衣，扔了一個厚厚的褐色紙包給漢森：「你以為我萬一被抓到時，不會告訴警方我把錢交給了你？」

「那沒關係，他們不會相信你的，我會說，你肯定是在林中遺失了那些錢，」說著，漢森用手試了試錢包，「這裡沒有八千元。」

當然他也並不失望，那數目從開始就已經太大了。

「是沒有，也許只有兩千元。那家店的經理想敲詐保險公司，如此而已。」

「你不是在開玩笑吧？戈登，才兩千元？」

那孩子攤開雙手，「六千元的大鈔，會有好大一捆，老頭，你看見我的大衣有哪裡鼓出來的沒有？我全都給你了，除了三四百元，我昨天用來引火的。你聽了想不想抱怨？」

漢森大笑：「因為它能讓你活下來，所以那可能是廉價的。」說著，他把錢包塞進了夾克裡面。

「小子，你已經勝利了，給你自己多買了幾個星期或幾個月的活頭，或者不論多少日子，一直到你再次犯法惹麻煩。現在你付款請我帶你出去，那麼，把槍拿開吧，你不需要它了。」

他看到戈登把槍放進口袋，然後自己轉身，跳到下面的路上。

他知道這孩子心裡的想法，他留著槍，等到看明白路的方向時就阻攔他，要回錢並把漢森留在山上。可是那孩子騙不了人，但如果認為漢森可以騙的話，那麼，他就大錯特錯了。

　　「快點決定下來吧！」他有些不耐煩地大聲叫道。

　　戈登坐在牆上，兩腿慢慢地挪過去，然後猶豫著。對象他這樣凍得半僵、兩腿麻木的人來說，從這跳下去可不是件容易的事，落地時他一定會受傷。所以他慢慢挪動著，直到臀部離開牆頭，戈登落到了下面陡峭的土堆裡，然後滑進雪中，身體失去重心，雙腿在身下彎曲。

　　當他平伏在地面時，發現漢森的膝蓋已經頂在他的背部。漢森從他的口袋裡拿出手槍，然後拉他站起來，帶他上路。

　　五分鐘後，戈登就在漢森的木屋裡烤火了。

　　半小時後，四個男人上山去抬斐克的屍首，而裹在毛毯裡的戈登，則乘坐州警的警車前往醫院。後面跟隨的是漢森駕駛的車。

　　戈登扭身回頭看，看到車裡的漢森，想起他說過世界上沒有任何東西是免費的。

　　他用拇指指了指漢森的汽車，對州警說，「你們必須抓住後面的那個老頭，他收受贓款，逼我給錢，才肯領我下山。」

「算了吧，小子。」州警說，「我知道錢在漢森那裡，送你到醫院後，他和我們之間的事有的談了。」

「他要做什麼，分給你一份？」

「你這麼說要捱揍的。」州警一臉嚴肅的表情，「雖然錢是漢森的，不過他會把錢交出來。」

「他的？」戈登目瞪口呆。

「是的，昨夜你搶的那家店碰巧是他的，你那樣做只是還給他錢而已。」

「那麼，他肯定是個笨蛋。他說假如我不把錢給他的話，他就任我留在那裡一直到死。」

州警笑了：「據我了解，漢森是個老謀深算的人，我不懷疑他會讓你相信還有十里路可以跋涉，才肯推你進木屋。那也是為什麼這一帶玩撲克牌的人，來玩之前，一定要和他約好一個界限。因為你從來都不會知道他握的是什麼牌。從那部老爺車到漢森的木屋，你們走了多長時間？」

「大約一小時。」

「正如我推測的。從那輛汽車到木屋，有好長一段路。可是漢森帶你抄捷徑，使你省卻了許多路程，只是讓你的腳稍稍難受幾天，卻不用痛苦很久。」

戈登想起來，在他們很快到木屋時自己是如何地咒罵漢森，心中又不免疑惑，為什麼老傢伙不用更容易的方法，索

性繳下他的槍，然後拿走錢。

在他們後面的那輛汽車裡，漢森輕輕吹著口哨。無疑這叫他的狩獵計畫落空了，大牡鹿今年也別想了。

不過，當那孩子仍然有槍的時候，自己居然能說服他給錢，這就像一場龍爭虎鬥的牌戲一樣，他桌面上沒有什麼好牌可撐，而對方手中真正握有好牌。

想到這一點，漢森很開心，他已經多年來沒有這樣開心過了。

可當他想到店經理時，口哨卻突然停住了。八千美元！

那個過著高水準生活的人，並沒有因為通貨膨脹而受到影響。多年來，漢森明明知道他在搗鬼，可是會計師到現在都抓不到他貪汙的真憑實據。而在店鋪被搶時，他看到一個機會，用渾水摸魚的方法將保險箱的六千美金納入私囊。

假如除漢森以外的別人逮到戈登，那麼，對失蹤的六千美金，經理的話足以應付戈登的辯白和別人的猜測。但不巧或者很巧的是，戈登遇到的是漢森。

當他們把孩子送進醫院，漢森就可以和州警去逮捕店鋪經理了。這回他沒辦法竄改帳冊了。漢森加快了車速，心中還在後悔失去捕獵那頭大牡鹿的機會。

不過，也許經理所挪藏的錢是這一次的補償，彌補了不能在壁爐上掛上鹿頭的遺憾。

　獵

珠 寶 設 計 師

週六上午，狄克來到棕櫚溫泉。

「我週三曾從洛杉磯打電話過來，這裡該有我預定的房間吧？」和大多數胖人一樣，他說話有點喘。

「當然，狄克先生。」溫泉辦公室裡這位接待他的女人熱情地說道，「我叫安娜，是這裡的經理。請坐，我拿一份登記表。」

她三十來歲，高挑而苗條，一頭紅髮，身穿白色連褲套裝，剪裁得非常合體。她從一個檔案中取出一張印好的表格，回到辦公桌前。

「現在，我們需要一點點資料，狄克先生。我來看看，你在電話中已經給了我們住址，所以住址是有了。請問你的年齡？」

「四十四。」

「職業？」

「這有必要嗎？」他有些不高興地問，「要知道我只是住一個星期，只想減幾磅肉而已，又不是申請貸款。」

「我們並不想刺探什麼，狄克先生，」她說，「可是，我們是有合法執照的健身地，必須得遵守政府的法令，其中一項就是這張表格。」

「哦，好吧，」狄克不耐煩地說，「我是個設計師。」

「真有意思！」安娜說，「請問你是設計服裝的嗎？」

「不。」狄克回答得非常簡短。

安娜等了一會，本想期待他進一步說明，結果他卻沒有再往下說。她勉強笑了笑，繼續問道：「請問你在哪裡工作，狄克先生？」

「這也要問？」狄克一邊問著，一邊探過頭去看表格。

「是的。」

狄克嘆了口氣，「我在泰菲公司工作。」

「那家有名的珠寶商？」安娜揚起了雙眉。

「是，那家有名的珠寶商。」狄克證實了她的話。

「這太有意思了。」安娜說，「這麼說，你是一位珠寶設計師了？」

「是的。你現在還有什麼問題要問？」

「當然有。」隨後安娜又問了幾個問題，讓狄克簽字，然後站起身。

「狄克先生，請跟我來，我帶你到馬爾克先生那裡去，他是你此次的健身指導。你可以把行李放在這裡，我會派人送到你房間的。」

「如果妳不介意，我要自己帶著這個箱子，」他說，「這裡裝著我晚上準備要做的東西。」

安娜等狄克拎起那個小箱子，便領他到外面沿著一個大游泳池走去，池子裡沒有人。

「你們這裡看來人不多。」狄克說道。為了追上苗條的安娜，他已經開始喘粗氣了。

「請您別誤會。」她說，「我們大部分顧客現在都在忙著別的事情，比如健身房課程、徒步運動和日光浴等等。等午餐後，池子裡就全是人了。」

「午餐。」狄克來到這裡第一次表現出有興趣的樣子，用手指彈了彈他的大肚子，「請問午餐什麼時候開？」

「十二點三十分。你的健身指導會在午前把你交給米爾太太，她是我們這的營養專家，她會為你準備三餐。」

他們來到游泳池的尾部，沿著一堵石牆繼續前行。

「那邊是什麼？」狄克感到好奇。

「那邊是女賓部。」安娜告訴他，「白天男女是分開的，先生們在這邊，太太小姐們則在那邊。這樣每個人都可以自在一些。當然，晚飯後就可以隨便來往了。」

她對狄克笑笑，試探地問：「你的工作一定非常有趣吧？」

「工作終歸是工作。」他含糊地回答道。

「我對珠寶很感興趣。」她說著，瞥了一眼狄克手中的箱

子，「你說你晚上還要繼續工作？」

「是的，我要做一個非常重要的工作，我答應在某天之前趕做出來。這個假期我不能什麼都不做，但為了我的健康，我覺得我必須減掉幾磅。」

「狄克先生，你的確找對地方了。」她向他保證。這時他們來到一座長方形建築前，安娜為他推開門，「請這邊走。」

他們進來的是一個現代化體育館，裡面有許多身穿灰色汗衫的胖人，正在做各式各樣的運動。安娜帶領狄克走過擦得雪亮的地板，來到角落裡。這邊有一個用玻璃隔開的小房間，一個身穿白色 T 恤的年輕男人坐在裡面的辦公桌前，他肌肉健壯。正在咧嘴笑著。他面前的桌子上有一個話筒。

「馬爾克，」安娜介紹說，「這位是狄克先生，他要來住一個星期，請多關照他。」

「當然，安娜小姐，我很高興 —— 啊，對不起，」他拿起話筒，「沃倫先生，我必須提醒你，你練習划船時，腹部要縮緊，記住我跟你說過的要點。」

然後他放下話筒，「安娜小姐，我很高興能為狄克先生效勞。」

「謝謝，馬爾克，午餐前請和米爾太太聯繫，開山狄克先生的菜單。」說著，她拍了拍狄克先生的手臂，「再見。」

安娜一走，馬爾克就伸手要接過狄克的小提箱，說：「狄

克先生，讓我派人送到你房間裡。」

「謝謝，但是我寧願把它留在身邊。」狄克說，「那裡面有我要費心做的一些東西。」

馬爾克微笑著說：「隨你的便，狄克先生。」

他從辦公桌的抽屜裡取出一根皮尺，量了一下狄克的腰圍，看看尺寸，然後輕輕地吹了一聲口哨：「真希望你能多住幾天。」

「啊，不行。」狄克直率地說，「你們在《體重》雜誌上刊登廣告，說按照你們的方法，一天就能減去一吋，我希望在這的七天，我能夠減去七吋。」

「是的，我們能辦到 —— 對不起，」馬爾克再次拿起話筒，「高爾先生，你練臂力的時候，請記住背部要挺直，這是做這個動作的要點。」

然後他放下話筒，轉身對狄克微笑著說道：「現在，請跟我來，我們給你找些合身的運動衣褲。」

他們離開了這間玻璃隔出的辦公室，來到一間一塵不染的更衣間。馬爾克打開一個衣櫃，取出兩件大號汗衫，放到鄰近的桌子上，迅速而熟練地在背面釘上了狄克的名字。

「請坐在這裡，我要讓你試試運動鞋和襪子。」

狄克坐下來，把手提箱擱在大腿上。

「你的東西一定很值錢，所以才會這麼仔細。」馬爾克說，衝那個手提箱點點頭。狄克則和氣地看著他，沒有說什麼。馬爾克聳了聳肩，繼續幫他量腳。

他給狄克拿了七雙白色襪子，一雙高筒運動鞋，然後指定一個櫃子給他。

「午餐後請立即到我這裡來，狄克先生。」他說，「從今天起就開始你的運動課程。現在我們最好到米爾太太那裡去，免得中午你到餐廳找不到你的那份。」

馬爾克帶領他走出體育館，穿過草坪，來到餐廳。狄克跟隨馬爾克進入廚房旁邊的一間辦公室，裡面有一位身穿白色制服的矮胖中年婦女。

「工作人員都穿白色衣服嗎？」狄克略帶尖刻地問，「這有點像醫院。」

「清潔是保持健康的一部分，和健康一樣重要。」馬爾克說，「白色是清潔的象徵。」

「真令人感動！」狄克低聲說道。

「這位是米爾太太，我們這裡的營養專家，」馬爾克介紹說，「現在我把你交給她，我們下午見。」

馬爾克離開前，狄克注意到他好奇地瞥了一眼他的小提箱。狄克心想，五分鐘之內，他一定會向安娜打聽，究竟是什麼東西這麼珍貴；毫無疑問，她會告訴他。

「請坐，狄克先生。」營養專家說，「讓我們來坦率地談談。」

狄克微笑著坐下，希望在她這裡能得到滿意的菜譜。

米爾太太指著狄克的小提箱說，「我可以找人替你把箱子送到房間裡。」

「是的，我知道。」狄克乾巴巴地說，這已經是第三遍了，「但我寧願把它留在身邊。現在，我們來談談午餐——」

「別擔心，」她說，舉起一隻胖手，「我從你的外表看出，你是一個膽固醇指數過高的人。」

「真的？」

「是的，狄克先生，從你的臉上可以看出來，你非常愛吃煎雞蛋、香腸這類食品。——你腿上放著那個箱子很不舒服吧？」

「沒事。」狄克堅決地說，並把話題轉移回食物上，「妳準備讓我吃什麼樣的飯菜？」

「我的特別餐。」米爾太太驕傲地說。

「什麼是特別餐？」

「就是花菜和肉湯。」她解釋道，「每樣各一杯，合起來總共四十七卡路里。」

「就吃這些？」

「當然不是。」她語氣嘲弄地說，「沒人能光靠吃花菜和肉湯活下去，除了這些，你可以願意‧吃多少芹菜就吃多少芹菜。實際上，我確實會要求你帶上幾根芹菜，整天咀嚼在嘴裡。」

「整天帶著芹菜？」狄克脫口而出，「這是搞什麼名堂？」

「因為那是最好的減肥食品，每根芹菜可以減少五卡路里的熱量。」

「減少五卡路里？」

「是我自己發明的。」米爾太太說，「你看，一根普通的芹菜含有十五卡路里，但是，人每咀嚼一次厭惡的東西，就會耗去二十卡路里。結果，每一根芹菜減少五卡路里。」

「太妙了！」狄克喃喃道。

「我可不可以問你一個問題？」米爾太太說。

「可以，什麼事？」

米爾太太神祕地探過身來：「你那個箱子裡裝的是什麼？」

狄克看了看四周，然後探過身去，低聲神祕地說：「現在裡面什麼都沒有，不過，我希望不久就可以裝滿。」

米爾太太揚起頭，哈哈大笑。

狄克站起身來說，「對不起，我還得去見安娜小姐。」

等他離開米爾太太的時候，那位營養專家還在大笑不止。

當他再次回到溫泉前面的辦公室時，他說：「安娜小姐，我在這裡只待了這麼一會，就得出一個結論，如果我繼續帶著這個箱子到處走的話，會惹麻煩的。」

「是這樣。」安娜同意說。

「同樣，如果我的箱子放在屋子裡整天沒人看守，我會放不下心來，無法好好休息，也無法集中精力鍛鍊，當然更達不到此行的目的。當然，我可以在本地銀行租一個臨時保險箱用來存放，可是那樣的話，我晚上就沒法工作了。我最近在重新做一條項鍊、那是一位公爵夫人的傳家寶，抱歉我不能說出她的名字，相信聽到名字你就知道是哪位夫人了。項鍊原來做得非常精緻，但是我的顧客認為不合她的個性，因此要我為她重新設計。我答應了她的交貨日期，但問題是，我晚上需要這個箱子，如果我租保險箱的話，晚上就取不到箱子了。」

「為什麼你不乾脆把它放在我們的保險箱呢，狄克先生？」安娜小姐提議說。

狄克揚起眉毛，「我不知道你們有保險箱。」

「我們有一個很好的保險箱，狄克先生，你要不要看看？」

安娜小姐帶他走進後面的一間私人辦公室，裡面的角落裡有一個矮小而堅固的保險箱。

「政府規定我們要將帳冊放進有防火裝置的容器裡，」她解釋道，「這裡面還有一個小現金盒，放著五十元或六十元，另外還有幾件其他客人的值錢東西。不過，你看，如果你願意的話，你的箱子仍然有餘量放進去。」

狄克抿了抿嘴唇，挑剔地看著保險箱，說：「我可不可以問一下，多少人知道它的密碼？」

「只有我和鎮上銀行的行長，他是溫泉股東們的信託人。」

「其他職員不知道嗎？」

「不知道。」

獄克考慮了一會，終於點頭同意了。

「很好，安娜小姐，我同意這個辦法，將箱子存放在你的保險箱裡。每天晚飯後我來取，九點妳關門之前我會送回來。那樣每晚我可以工作兩個小時。這樣可以嗎？」

「當然可以。」安娜微笑著說。「你是我們的客人，狄克先生，我們願意為你服務。」

「我想保險箱是由妳負責的？」

「當然。」

狄克用指尖輕輕敲了敲箱子的外殼。說：「好吧，請妳打開保險箱，我現在就放進去。」

於是安娜熟練地轉了三次密碼盤，在她開始對密碼之前，回頭對狄克彬彬有禮地說：「如果要我對你的箱子負責，我希望只有我一個人能打開這個保險箱 —— 現在能不能請你把臉轉到別的方向？」

狄克清清嗓子，轉過身。安娜轉動密碼盤，轉了四個數，再抓住門柄一擰，拉開厚厚的門。

「開了。」她伸出手，狄克仍然不情不願地把箱子遞過去，眼看著安娜將箱子存放進最下層的架子上，關上門，再轉動密碼盤。

「可以了。」她說：「啊，我可不可以看看？這並不是針對個人的。」

「當然。」

於是狄克走過去，費力地彎下腰，試試往外拉門柄，它確實關得很牢。

這時狄克瞥了一眼牆上的鐘，快十二點半了。「好了，這樣的話，我要去吃午餐了。然後我要回到馬爾克那裡開始

一吋吋減我的腰圍。晚上見，安娜小姐。」

他搖搖擺擺地離開這間辦公室，就像一隻大企鵝。

在那個星期的日子裡，狄克非常努力，在馬爾克和其他教練的指導下，他不停地運動。每天天亮不久，吃完米爾太太「餓死人的早餐」之後，狄克就開始進行一連串無休止的運動。這種運動只有虐待狂才能想得出來。

然後，上午先要按摩，再去蒸汽室淋浴，做完一小時的柔軟操後，他要到附近的山腳徒步走上一會，回來再淋浴，最後以午餐結束上午的活動。

下午的安排則是，先是礦物浴，接著是針對具體部位的減肥課，再去室外晒紫外線日光浴，回來做器械運動，然後淋浴；在接下來的四十分鐘游泳中，狄克要盡可能多游幾圈，不過他的最高紀錄最終也只是兩圈。最後是一堂跑步課，他要邊跑邊喊：「減！脂肪！減！脂肪！」然後疲憊地回到房間，倒頭睡下。

晚飯前，客人們有兩個小時的休息時間，晚飯後，院方會提供由米爾太太調配的食物，補充一整天的營養。晚上，人們獲得了自由，可以在游泳池或娛樂室交流。

狄克有意避開每天的這段交流時間，他吃完飯後就會到安娜那裡取回箱子，然後回到自己房間裡工作。每天晚上，他準時在九點差五分前出來，將箱子放回保險箱，再回房睡

覺，這樣的例行工作幾天來毫無變動。直到星期五，安娜向他介紹了亨利太太。

那天晚上，狄克去存放箱子時，亨利太太就在安娜的辦公室裡。

「狄克先生，這位是亨利太太。」安娜給他們彼此介紹說，「亨利太太，這位是狄克先生。—— 狄克先生，我們正在說起你呢。」

「是嗎？」顯然狄克並不怎麼感興趣。他注意到亨利太太身材苗條，看來不像是需要到溫泉來減肥的人。

「很高興見到你，狄克先生。」亨利太太擁有著甜美的聲音，「安娜小姐告訴我，你是一位珠寶專家。」

「哦，安娜小姐過獎了。」狄克說。

「你太謙虛了。每個為女公爵改鑲傳家寶的人，都肯定是位專家。」亨利太太注意到，狄克有些不高興地瞥了安娜一眼，於是馬上補充說，「請你不要責怪安娜小姐，她知道我遇上了同樣的難題，才會想幫幫我。」

「同樣的難題？」

「是的，我也有一條項鍊，是我姨婆留給我的。我很喜歡它，可是覺得它太重、太俗氣了。我戴著它時，覺得它太亮、太重。所以，當安娜小姐提起你的手藝時，我就想是不是可以將寶石重新鑲一下，讓我戴的時候，更舒服些。」

「夫人，」狄克說，「任何珠寶都可以重做，任何珠寶都可以重鑲，我建議你和你的珠寶匠商量這件事 ——」

「可是，我的問題不在是否能改鑲，」她說，「問題是我該不該重做，所以我需要一位專家的意見。讓我拿給你看看，安娜小姐，請把我的項鍊盒從保險箱拿出來。」

「可是，亨利太太。」狄克看看手錶說，「我認為 ——」

「哦，請你看看吧，」她請求說，「不會占用你很多時間的。」

正說間，安娜小姐遞給她一隻天鵝絨面的盒子，她立刻打開，拿給狄克看。「很可愛，不是嗎？不過，太重了，你明白我的意思嗎？」

狄克低頭看著打開的盒子。一看到項鍊，他臉上的不耐煩就消失了，取而代之的是一臉興趣。

「天哪！真的很精緻。」

「我想你現在明白我的難題了。」亨利太太說。

「是的，我只瞥了一眼就明白了。不過，亨利太太，恐怕我不能建議是否改鑲，因為要提出建議，得花好幾個小時專心研究。不巧的是，今天晚上是我在這裡的最後一夜。我來這是減肥的，明天早晨就要離開了。」

「可是，你不能今晚做嗎？我知道這個請求有點過分，

但我願意支付你認為公道的費用。我非常需要一位專家的建議。」

狄克很感興趣地審視著項鍊：「手工很好，我猜是一百二十年前做的。」

「我的天哪，你真是內行，狄克先生，」亨利太太稱讚說，「它是有一百二十年了，我是我們家族中的第六代。」

「看這裡，這個小小的渦捲形裝飾，是法國的風格。」

「很有可能．」她說，「它是在紐奧良做的，那時候正在法國統治之下。哦，狄克先生，你願意為我研究一下嗎？」

「嗯，我得承認，我被它迷住了。這麼上乘古老的東西，可不多見。」

亨利太太像演戲一般雙手合十，說「我早知道你會願意的，狄克先生，你一進門我就知道你是一位真正的紳士。當然，一位紳士是不會拒絕幫助一位困境中的女士的。」

「但有兩個條件，我才會幫妳做。」狄克終於說道，「第一，我今天已經十分疲憊了，可能檢查妳的項鍊不會很理想，但明早我會告訴妳我的意見，不過意見不是正式的，和我的公司不相干。第二，這意見只是我的個人意見，不是專家，所以不需要報酬，這樣可以嗎？」

「怎麼不可以呢？狄克先生，你太高尚了，我非常高興接受你的條件。」

「很好，安娜小姐，妳是我們的證人。現在，請把箱子還給我。」

安娜好奇地看著他：「你今晚不把箱子留在保險箱裡？」

「不，假如我要檢查亨利太太的項鍊，就需要箱子裡面的許多工具：測量儀器、珠寶辨別鏡、抹布 —— 你們倆為什麼這麼古怪地看著我？」

兩個女人互相對望了一眼，然後回過頭來看著狄克。

安娜開口說：「坦白講，狄克先生，我相信原則上亨利太太是願意讓你拿她的項鍊的，但是要你的箱子留在保險箱裡當做，嗯……」

「安全的保證。」狄克說。

兩個女人又要張口說什麼，但被狄克舉手攔住了：「不，不，妳們當然是對的。妳們不認識我，我也不認識妳們。這很好。安娜小姐，麻煩妳把我的箱子放在桌子上，我就在這裡打開它。」

安娜將箱子放在桌子上。狄克從襯衫下掏出一把鑰匙，打開皮箱，翻開蓋子，亮出一個可以移動的天鵝絨板，上面掛著一條鑲有一顆大綠寶石的項鍊。

「這就是我手頭正在做的項鍊，是一條有特別價值的英國貨。我把它留在保險箱裡，你們滿意了嗎？」

安娜看看亨利太太：「這很合理，亨利太太，妳說呢？」

　　「是的，我想是的……老天，這樣是不是有點尷尬呢？幾分鐘前我還在求人家。不過，我希望你能理解，這是我們的傳家寶。」

　　「我非常理解。」狄克說，「實際上，應該我自己提出留東西擔保。我唯一能找到的藉口，就是我餓昏了頭，這全是由於米爾太太的菜單。」於是他取下那個天鵝絨板上的項鍊，小心地用一塊布包起來，遞給安娜。然後放下箱子的蓋子，啪的一聲關上。

　　「女士們，如果沒有什麼，我現在要回我的房間了，再見。」

　　兩個女人默默地看著狄克走出辦公室，一手提著箱子，一手拿著亨利太太的項鍊。

　　第二天早餐後，狄克回到溫泉辦公室結帳，安娜和亨利太太都在那等著他。

　　「早晨好，兩位女士。」他招呼道。

　　「早晨好，狄克先生，」安娜說，「我來拿帳單，你和亨利太太談正經事。」

　　「哦，是的，」亨利太太說，「我想聽聽你的高見，狄克先生。」

安娜離開辦公室，狄克和亨利太太坐了下來，在桌子上打開項鍊。

　　「亨利太太，我想這是我所見過的珠寶中，最有創意的好珠寶之一。寶石都是上乘的，鑲嵌得非常巧妙，甚至可以說巧奪天工。這麼好的東西要由我來重新設計、重新鑲做，那是最榮幸不過了。但是，我要老實告訴妳，我個人的意見是，這條項鍊不該改造。」

　　「為什麼，我，我不太明白，狄克先生，」亨利太太說，「你既然樂意改造，為什麼又要反對呢？」

　　「我來解釋。首先，我樂意改造並重新設計，是因為這對我而言是──種挑戰，非常愉快的工作。換句話說，這樣的動機很自私。但若為妳著想，我個人覺得項鍊不應該改造。如果它是我的，而我又是位女性的話，我會把它擦亮，戴上，其他什麼也不做。」

　　「可是，我戴它的時候，總覺得太……太炫耀。」她反駁說。

　　「不要那樣。」狄克對她說，「妳可以驕傲大膽地戴上它，配上妳最簡單、最合身的長禮服。不要再戴其他首飾，連耳環也不用。我直言一句，戴它的時候，妳還要將妳的頭髮高高地梳起來，露出光光的脖頸，雙肩也盡可能露出來。換句話說，大膽炫耀項鍊，而不用再戴其他飾物。」

「狄克先生，」她興奮起來，「你的主意非常高明，你說得非常有道理！」

「妳這麼想，我很高興，」狄克說著，蓋上項鍊盒，遞還給她。

這時，安娜走進來。「啊，我的帳單，謝謝你。」他瞥了一眼帳單，從口袋裡取出一沓旅行支票，多簽了些錢，「請將餘額分給馬爾克和他的助手們。」

「你太慷慨了，狄克先生。」

「這沒什麼。」他看了看窗外，一輛計程車駛過來。

「我叫的計程車來了，我要告辭了。我可以取回我存放的項鍊嗎？」

「當然可以。」

安娜打開保險箱，把包著的項鍊遞給狄克。他接過來放進皮箱，並鎖上箱子。

「我們希望你能再來。」她說。

狄克哈哈大笑說：「我可希望不要再來，雖然我承認你們的治療非常好。馬爾克今天早晨幫我量身體，發現我減的不止一天一吋 —— 腰圍減了三吋，胸圍兩吋，大腿各一吋半。七天總共減了八吋。相信我，如果再減肥的話，我會直接來這裡的。啊，現在我得快點了，再見，兩位。」

他蹣跚地走向計程車，一手提著衣箱，一手提著珠寶箱。後面，安娜和亨利太太含笑目送著他上車離開。

那天晚上，他打開行李之後，便離開他在墨西哥城永久居住的旅館，走到林蔭大道上，停在一個雜誌架前，拿起了最近出版的《體重》週刊。然後他走進酒吧，櫃檯頂頭他最喜歡的位置空著，他便坐了上去。

「晚上好，狄克先生，」吧檯侍者說，「上星期我們一直很想念你。」

「你好，傑克。是的，我有事離開了。」

「看來你瘦了一點點。」傑克說。

「是啊，是啊，我是瘦了點。」

傑克遞給他一張菜單，然後到櫃檯那頭，招呼另一位顧客了。狄克一邊看菜單，一邊打哈欠。

他很疲倦，昨天晚上他花了大半夜時間，取下亨利太太項鍊上值錢的寶石，裝上相似的贗品。他還沒有去看收購贓物的人，所以，那寶石現在還在他的箱子裡，和他的假項鍊放在一起。據猜想，那寶石價值三萬到三萬五千元，他可以淨得八九千元。這些錢夠他在這裡過一年了。等錢用完時，美國總還有別處的溫泉在等待著他的到訪。

「狄克先生，請問點好菜了嗎？」傑克問。

「是的，不過，今晚我不太餓，旅行期間我把胃口弄壞了，所以，我只想吃些點心：兩個乾酪麵包，加上全部配料，一碗紅番椒，一杯雙料巧克力麥芽酒，再來一塊草莓蛋糕和咖啡做甜點。」他向傑克笑笑。

　　「明天我開始真正吃，吃回這幾天減掉的體重。」

　　傑克轉身去準備點心，狄克則開始讀起了他的《體重》雜誌。

恩愛夫妻

約翰‧約翰遜知道，他必須殺掉他妻子，他不得不這麼做，也是他唯一能做的事。

　　他必須為她考慮。離婚是不可能的事情，他沒有正當理由提出離婚。瑪麗善良、美麗、開朗，並且從來都沒有看過別的男人一眼。在他們結婚以來的生活中，她從來不向他多嘮叨什麼。她做得一手好菜，打得一手好橋牌，顯然她是鎮上最受歡迎的女主人。

　　但他不得不殺掉她，這真是非常遺憾。但是，他不想告訴她自己要離開她，這對她來說是一種羞辱。再說，兩個月前他們剛剛慶祝了結婚二十週年的日子，他們都說自己是世界上最幸福的一對夫妻。

　　在十幾位羨慕他們的朋友面前，他們舉杯保證說，他們要相愛一輩子，不求同年同月同日生，但求同年同月同日死。

　　經過所有這些之後，約翰不能隨便把瑪麗一腳踢開，那樣太卑鄙了。

　　如果沒有他，瑪麗的生活就沒有了意義。當然，她大可以繼續開她的商店，那個商店自從開張以來就一直生意興旺。但她並不是一個真正的職業婦女，開店純粹是為了消遣。當時他們的隔壁剛好要出售那間房子，於是他們就買了下來，也不用如何裝修，只要打通兩棟房子中間的牆，然後

開一扇門就行了。瑪麗說，開店只是為了讓她在可愛的丈夫不在時，用來消磨時間而已。這對她來說並沒有什麼特殊意義，雖然她很有商業頭腦。

約翰很少進那個商店，他一直覺得那裡亂七八糟。每次走進去都會覺得不安，那裡面的所有東西都顯得那麼擁擠，好像隨時都會掉下來一樣。

是的，瑪麗的興趣在他身上，而不是商店。為了讓她的生活有意義，除了商店之外，她必須愛上別的東西。

如果他跟她離婚，那麼就沒有人帶她去聽音樂會和玩橋牌了，她也不能再參加她最喜歡的聚餐晚會了。沒有他，她不會得到他們朋友的邀請，離婚後她就是孤零零的一個人，和那些老處女和寡婦一樣，過著悲慘的生活。

他不能讓瑪麗過那樣的生活，雖然他確信，只要他提出離婚，她會同意的，她向來對他千依百順。

不，他不能提出離婚，這對她是一種侮辱，她應該有更好的結局。

可是，如果他在去萊辛頓出差時，沒有遇見萊蒂絲就好了。可他怎能為那次奇遇後悔呢？他發現他認識萊蒂絲之後，才覺得自己充滿活力。遇見萊蒂絲，他就像盲人重見光明一樣。而驚奇的是，萊蒂絲也深深愛著他，迫不及待要和他結婚。她是自由身，自然不會有什麼問題。

等待……催促……

他必須想方設法終結瑪麗，安排一次意外事故應該是不難的。商店就是一個最理想的地方，那裡那麼擁擠。只要利用那些沉重的石頭雕像、吊燈或壁爐架，就可以輕易結束他親愛的瑪麗的生命。

「親愛的，你必須告訴你妻子，」上一次在萊辛頓的一家旅館幽會時，萊蒂絲催促他道，「你必須趕快離婚，把我們之間的事告訴她。」

萊蒂絲的聲音是那麼舒緩悅耳，讓約翰陶醉。但他怎能對瑪麗講這些關於萊蒂絲的事呢？約翰甚至搞不清萊蒂絲為什麼會如此吸引他。

與瑪麗的和藹不同，萊蒂絲氣質優雅。或許萊蒂絲並沒有瑪麗的漂亮迷人，但她的魅力無法抗拒。在萊蒂絲面前，他是一個熱情老練的情人；而在瑪麗面前，他是一個體貼和氣的丈夫。和萊蒂絲在一起，生活總是充滿激情，有著前所未有的亢奮。如果打個比方，萊蒂絲是土、氣、火、水四個元素，而瑪麗——

不，他不能比較她們。但不管怎麼說，強迫終結他們這種相互的狂熱迷戀，又有什麼意義呢？

而就在他正要提議萊蒂絲去酒吧的時候，他看到查特弗萊明走了進來，向旅館服務檯走去。他到這裡來幹什麼呢？

在任何地方都可能碰上熟人，這是非法情人經常面臨的問題。他們在任何時間、任何地點都有可能被人發現，沒有一個地方是真正安全的。

　　但是，查特弗萊明尤其不同，他是約翰最不想見到的人，因為他如果見到約翰和另一個女人在一起，一定會大肆宣揚。這個碎嘴子會把這件事告訴他的妻子和他的朋友，告訴他的醫生、店主、銀行服務生和他的律師。

　　這時約翰在萊蒂絲身邊非常不自在。看看查特還在服務檯說著什麼，約翰不能就這麼暴露下去，因為查特只要向四周看幾眼就會發現他和萊蒂絲在一起。於是約翰找了個可笑的藉口，溜到旁邊的報攤，躲到一本雜誌後面，一直等到查特登記完後乘電梯上樓。

　　總算躲過去了，太危險了。

　　約翰覺得這是對他們高尚感情的玷汙，他不能容忍一直這麼如做賊一般，他必須要採取行動，一勞永逸地解決這件事。但是，同時他又不想傷害瑪麗。

　　在美國，每天早晨起床的人中，數以千計的人會在天黑前死去。為什麼他親愛的瑪麗不是其中之一呢？為什麼她不能自己死去呢？

　　當約翰向萊蒂絲解釋他為什麼驚慌時，她很鎮靜，但是也很關心。

「親愛的，這件事證明了我是正確的。我早說過，你應該馬上告訴你妻子，我們不能再這樣繼續下去了。你總算明白了。」

「是的，親愛的，你說得非常對。我將盡快採取行動。」

「親愛的，你必須盡快採取行動。」

奇怪的是，瑪麗‧約翰遜和約翰‧約翰遜一樣，也處在同一困境中。

她並不想墜入情網。實際上，她認為她深愛著丈夫。那天早晨，肯尼斯到她店裡來，問有沒有莫札特的半身雕像，這時她才發現自己以前是多麼天真。她當然有莫札特的半身雕像，還有好幾個，更不用說還有巴哈、貝多芬、維克多‧雨果、巴爾札克、莎士比亞、喬治‧華盛頓和哥德的半身雕像。

他說出自己的名字，顧客一般不會說自己的姓名，於是她也說了自己的名字，接著她發現，他是鎮上一位著名室內設計師。

「坦率地講，」他說，「我可不想在室內擺放莫札特的半身雕像，它會毀了房間的整體效果。但是我的僱主卻堅持要一個。我能看看你這裡是否還有別的東西嗎？」

她帶他參觀了整個商店。後來，她努力回憶他們是怎麼墜入情網的⋯⋯他整個上午都在商店，直到快中午時，他似

乎對後面的一間小屋特別感興趣，那裡堆了許多帶抽屜的櫃子。他伸手去拉一個抽屜，結果卻拉住了她的手。

「你在幹什麼？」她說，「天哪，如果顧客進來怎麼辦？」

「讓他們自己看那些雕像吧。」他說。

她不敢相信會發生這種事，但那的確發生了。後來，約翰再出差時，她不再感到孤獨，反而越來越渴望他出差。

堆滿櫃子的那間小屋後來就成了瑪麗和肯尼斯祕密幽會的地方，他們在那裡添了一張躺椅。

有一天，他們在小屋裡太投入了，沒有注意到有人進來。直到那人喊：「約翰遜太太，你在哪裡？我要買東西。」瑪麗才急急忙忙從小屋裡跑出來接待顧客。

她慌張地想要把搞亂的頭髮捋順，她還知道她的口紅弄髒了。

來人是布里安太太，她是鎮上最喜歡傳話的人。要是她到處說瑪麗・約翰遜在她的店裡跟人約會，約翰肯定會聽到的。

幸運的是，布里安太太那天，一心要看看好的奶油模子嫁妝箱，所以沒有注意別的事。

這真是太危險了，瑪麗對肯尼斯說。可是肯尼斯卻很不

滿意，他說：「我深愛著妳，我是認真的。我認為妳也愛我。我已經厭倦了總是這麼偷偷摸摸的，我再也受不了了。妳明白嗎？我們應該結婚。跟妳丈夫講，妳要離婚。」

肯尼斯不停地說離婚，好像離婚是一件輕而易舉的事，就像去看牙醫那麼簡單。

可是，她怎能和一個二十年來一直深愛著她的男人離婚呢？她怎麼能夠那麼無情地剝奪他的幸福呢？

除非約翰死了。他為什麼沒有心臟病突發死去呢？每天都有數以千計的人死於心臟病，為什麼她親愛的約翰卻不曾突然死去呢？

那樣的話，一切就都容易了。

這次連電話鈴聲都顯得怒氣沖沖，當瑪麗拿起電話時，聽到另一頭肯尼斯憤怒的聲音：「該死的，瑪麗，今天下午真是荒唐，讓人感到羞辱。我再也受不了了。我不想再躲在門後，而妳在那裡帶顧客看什麼奶油模子。我們必須馬上結婚。」

「是，親愛的。請你耐心點。」

「我已經很有耐心了，可我再也不能等待了。」

她知道他這話是真的。她不能失去肯尼斯，否則生活將失去意義，而她對約翰就從來沒有這樣依戀過。

但是，親愛的約翰，她怎能一腳把他踢開呢？他正在壯年，還可以活幾十年。他的存在一直以來都是以她為核心的，就是為了給她快樂。他們沒有其他朋友，只有那些已婚夫婦。如果她離開他，約翰將過著孤獨可憐的生活，會成為一個被人同情的怪人，在他們朋友邀請他去的宴會上，人們會稱他為可憐的約翰，會說他這樣還不如死了好受些。他不會照顧自己，會飢一頓、飽一頓的生活，並且不得不單身住到某個破爛公寓。

　　不，她不能讓他過那樣的生活。

　　為什麼要開始跟肯尼斯的這段瘋狂戀愛呢？為什麼一定要在家裡放上莫札特的半身雕像呢？為什麼肯尼斯一定要到她的店裡來買莫札特的半身雕像呢？別的地方多的是，價格也便宜。

　　但是，她無法改變什麼，這已經是既成事實了。她跟肯尼斯在一起待幾秒，感覺勝過跟約翰的一輩子。

　　只有一個辦法，她要用這個快捷、有效、乾淨的辦法擺脫約翰，並且要快……

　　在約翰出差回來的那個晚上，他覺得瑪麗漂亮極了。有那麼一瞬，他覺得這一生有她足夠了，可是接著他想起了萊蒂絲。為了能讓他們在一起生活，無論幹什麼都可以，他應該按照原計劃行事。

他應該盡可能溫柔地殺掉瑪麗──就在那天晚上。當然，他還要享受瑪麗為他準備的美妙晚餐，計畫和禮貌要求他這麼做，另外他也的確餓了。

但他一吃完飯，就著手進行謀殺了。一邊吃一個女人準備的乳酪蛋糕，一邊要謀殺她，這似乎有點殘酷無情。但他覺得這並不是他要這麼殘酷，而是迫不得已。

他不知道該怎麼謀殺瑪麗，也許在她那個堆滿半身雕像的角落裡能找出什麼方法。

瑪麗微笑著，遞給他一杯咖啡：「親愛的，你這趟漫長的旅行一定很辛苦，我想你需要喝點咖啡，解解乏。」

「是啊，親愛的，我正想喝咖啡，謝謝妳。」

他拿起杯喝了一口，瞥了一眼桌子對面的瑪麗，發現她臉上神情古怪。約翰對此很困惑。是的，他們在一起這麼多年了，難道她看出了什麼？她一定了解他的想法，她一定知道他想幹什麼……

然而就在這時，瑪麗露出了微笑，這是他們自從蜜月以來她對他最燦爛的一個微笑。

一切正常。

「親愛的，我要出去一下。」她說，「我剛想起店裡還有些事要做，馬上就回來。」

說完，她快速走出餐廳，穿過廳堂，走進商店。

但她並沒有像她說的那樣馬上回來。如果她不趕快回來，約翰的咖啡就會涼了。所以他決定喝兩口，然後去商店看看發生了什麼事情才會耽誤她。

她沒有聽到他進來。

他看到她在中間那間屋子裡，背對著他，正坐在一個大沙發上。她的周圍，都是放雕像的架子，架子上擺滿了雕像。

老天，這真是天賜良機！

她一定知道了他的想法。她的肩膀在抽動，她在嗚咽。看來她知道他們的共同生活快結束了。

可是他忽然間又覺得她可能是在笑。因為她獨處的時候，笑起來肩膀就是那麼動的。算了，不管她在做什麼，不管她是在哭還是在笑，他都沒有時間去猜測了。眼前這個機會很難得，絕不能錯過。

她低著頭，頭頂旁剛好是維克多‧雨果或者班傑明富蘭克林的雕像，約翰只要輕輕一推，它剛好就會落到她的頭蓋骨上。

他推了，很簡單。

可憐的女人，可憐的瑪麗……

這樣做是為大家好，他不會為此而自責。不過他還是感到吃驚，沒有想到事情做起來會那麼容易。如果他早知道會這樣的話，前幾個星期就動手。

　　約翰很鎮靜，他最後看了瑪麗一眼，然後回到餐廳。他要先喝完咖啡，然後再打電話給醫生。毫無疑問，醫生會對警察說這是個意外。整個過程中除了一個小小的細節，約翰根本不需要撒謊，而那個細節，他只要說是瑪麗的動作導致雕像的墜落就可以了。

　　他的咖啡還是溫的。他慢慢喝著，想起了萊蒂絲，急切盼望著打電話給她，告訴她他們終於能夠永遠在一起了。只要再過一段時間，他們就可以結婚了。但是出於謹慎，他決定還是不要冒險，暫時不給那個會暴露自己跟萊蒂絲關係的電話。

　　他現在是如此的快樂而鎮靜，從來都沒像現在這樣。這種輕鬆的感覺來自於他剛才做完的事。他高興得，甚至有點睏了……

　　他從來都沒有這麼睏倦過，他想他應該到客廳的沙發上躺一下，這已經比給醫生打電話來得重要了。但是他等不及走到沙發旁邊，便一頭栽在餐桌上，雙手劇烈搖晃。

　　瑪麗和約翰的朋友們，絲毫不懷疑這場雙重悲劇是怎麼發生的。只要他們想想，就已經意識到商店是個不那麼安全

的地方 —— 那天晚上，瑪麗不小心被雕像砸到頭上。約翰發現她死了，悲痛欲絕。沒有了瑪麗的約翰，發現自己沒她就活不下去。於是絕望之中他在咖啡裡放進大量安眠藥，自殺身亡了。

他們都記得，就在瑪麗和約翰最近的那次結婚週年慶祝宴會時，都說希望能和對方同年同月同日死。

他們真是世界上最恩愛的一對夫妻。你只要想到瑪麗和約翰的故事，就肯定會感動不已。在這個動盪的世界上，沒什麼能比他們這樣真摯而深厚的愛情更加動人的了。一如他們自己所希望的那樣，他們在同一天晚上死去，這真是，太令人感動了。

　　　恩愛夫妻

老江湖

售貨員轉身到後面的貨架上去取其他手套，趁這個時候，我將櫃檯上一副搭配晚禮服的長手套塞進背包裡。她轉過來，把新拿的手套和原先的幾副混在了一起。

　　售貨員用已經有些疲乏的聲音問道：「小姐，您認為這些手套如何？」

　　我皺了皺眉，然後挑了一下，「可惜這些我都不喜歡，謝謝。」

　　於是我心中暗笑著移步離開。十五分鐘，我消磨了她這麼久的時間，讓她忙得不知所謂，然後靜悄悄拿走了一副二十元的手套。

　　這家八層樓高的百貨公司，從一層到我現在正徜徉的五層，我始終得心應手，諸事順利。這要感謝我肩上這個大背包，有一次我甚至把一臺烤麵包機放在裡面都沒有人發現。

　　今天是個便於隱藏自己的好日子 ── 週末的百貨公司雖然擁擠，卻還不至摩肩接踵、寸步難行，這樣一個順手牽羊的理想環境，唯一需要留心的無非就是那些保全。他們中有穿制服的，也有便衣的。事實上，在行家眼裡，便衣保全比穿制服的那些人更加顯眼，因為他們都習慣於雙手背後，站在電梯旁邊。

　　「嘿，小姐。」

　　我心中一驚，打招呼的莫非是售貨員或者保全？我轉過

身，發現那人是一位微笑著的自發紳士。

「你好，什麼事？」

他向我走近，壓低聲音說：「妳在後面玩的把戲真稱不上高明。」

也許他是便衣保全，那麼我終究還是被抓住了，但我想辯解，「我……」

話剛出口，便被他打斷：「噓，小聲點，妳不想當著這麼多人的面出醜吧！」

「你想怎樣？」

「幫妳，」他說，「漂亮的小姐啊，可惜，妳的美貌在坐牢時可幫不上什麼。相信我，妳的身手預示著妳正在走向牢房。看妳身上穿著什麼？牛仔褲，褪色夾克……不說這些，單是肩上的背包就足以讓妳暴露了。如果那個售貨員眼睛沒有問題，此時妳已經被抓了。」

「嘿，你是這家公司的保全還是什麼？」

他光潤的臉上的笑容擴大了，有些得意地說：「不是的，小姐。」他的手揮了一下，仍面帶笑容，「我想幫你，你會知道我是幹什麼的。現在留心看我的。」

他環顧了一下四周，然後朝化妝品櫃檯走去。櫃檯上有幾瓶香水和香水精，當然全是樣品。他混進顧客裡，一個動

作，僅僅一個動作，就神不知鬼不覺地把一瓶香水精樣品偷走了。如果事先他沒要我留心，無論如何我也不知道發生了什麼。那個人手腳之俐落，令人嘆為觀止，然後他向我走了過來。

「現在妳總該相信我了吧，我絕不是那種信口開河的人。妳還在吃奶的時候，我就已經靠這行吃飯了，可以說是這行的老大。通常我不會顯露身手，但既然妳是位可愛的小姐……所以，今晚我可以請妳吃飯嗎？到時我會多教給你這些本行的技巧。」

於是我掏出工作證，上面清楚地寫著我是「艾登偵探所」的職員。我專門負責檢查零售部門的安全工作，發現哪裡出現了薄弱的狀況，便提出建議，在相應的安全措施上進行改進。

過去我從沒碰到過這種自投羅網的人，他的不請自來，令我可能由此獲得兩天的假期或一點點獎金。

不管怎樣，我很感激他，雖然做這些順手牽羊的事有了工作證不用再擔心安全，但是，藝多不壓身嘛。

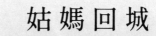

姑媽回城

莫爾的眼睛一直看著姑媽，她的面容依然顯得有些悲戚。過了一會，只見她深深地吸了口氣，又隨著胸部的起伏緩緩地吐出來，然後喃喃地說：「我真的希望奧斯卡能帶著往常那樣的微笑出現在我面前，對我作些解釋，儘管時間已經過去三個月了。」

　　「姑媽，妳知道那是不可能的，還是接受現實吧，重新振作起來開始新的生活。」

　　姑媽還清楚地記得，三個月前的一天，奧斯卡又像往常一樣駕船出海去垂釣了，原本以為他能按時回家，但天色很晚了也不見蹤影。當海上巡邏隊找到奧斯卡的船時，只見船已傾覆在海水中，除了船槳和釣魚裝備還在，茫茫的海面連個人影都沒有。事情發生得太突然了，要知道，奧斯卡可是個很有釣魚經驗的人，他以往經常獨自一人輕舟出海垂釣，從來也沒有出過事情。「難道是被海怪拖下了船？」姑媽經常疑惑地問著自己，甚至夢中還見到過一隻巨大的海怪掀翻了奧斯卡的船，將他拖入深深的海水中。

　　「不要再難過了，有些事情是我們無法預料的。幸好妳生活無慮。」莫爾繼續勸慰著姑媽。

　　望著身邊的莫爾，姑媽沉默了一會。「不，你不懂，隨著時間的推移，或許會去掉傷痕，但卻永遠抹不掉我內心的創傷，奧斯卡是我生命中的一部分，失去了他，我永遠都無

法排遣自己的生活。」她的神情依然擺脫不了陣陣憂傷。

「是的，如果從某種意義而言，那是妳賦予美滿婚姻的代價。」莫爾不無理解地說道。

「我總覺得他還活著，還會回到家裡。」她又陷入沉思，輕輕地說道：「唉，最近我一直在想，我和奧斯卡生活過多年的那幢公寓是不是該放棄？因為一進到那些房間，幾乎全是他的影子 —— 書房裡有他的桌子，衣櫃裡掛著他的衣服，還有他的盥洗用具，也都擺放在洗手間裡。」

「姑媽，別多想了，妳還是和我們多住幾天吧，我們先找個人去公寓收拾一下他的東西，重新做些整理，這樣好嗎？」莫爾真誠地說道。

她搖搖頭：「不，莫爾，謝謝你。我必須要收起悲傷，重新開始面對生活。我要感謝你和蘇珊，這三個月來你們一直細心地照料我，耐心地聽我翻來覆去地說話，這讓我的心情好了許多。我還是準備回家去，因為我已經請羅拉明天回來了，她能夠幫我做一些事情。另外，為了防止我舊病復發突然離開這個世界，就像你姑父會突然失蹤那樣，我也和醫生約好了，準備星期五上午去看他，他要求我至少每四個星期檢查一次身體，你們就放心好了。」

看著姑媽執意要走的樣子，莫爾也不好再堅持了，他將身子又朝姑媽那裡挪了挪，說道：「我小時候最喜歡的人就

是姑父了，而妳又待他那麼好，讓他快樂，姑媽妳知道嗎？我和蘇珊一向都很歡迎妳。」

聽了莫爾的話，她的眼角又溼潤了，連忙從口袋裡掏出手帕準備擦拭，然而只拿到一半，手就握成拳頭，緊緊地壓在胸骨上，表情顯得緊張而略帶痛苦。

「姑媽，妳怎麼了？」莫爾急切地問道，「要不要藥片？在哪裡？」

「快，莫爾，快打開我的皮包。」她邊說著，邊用手指著身旁的黑色小皮包。

在莫爾的幫助下，她找到了裝藥的小玻璃瓶，用微微顫抖的手把裡面的白色小藥片倒在手心上，送到嘴裡含著，然後閉上眼睛。休息了一會，她慢慢睜開雙眼，呼吸也變得比先前平緩了許多，「啊，現在好多了。」

「妳在這裡不會麻煩我們的，一定要走嗎？」莫爾問。

「是的，莫爾。我也很喜歡你和蘇珊，這個地方也很可愛……可是……」

此刻，莫爾和姑媽正坐在一片海灘上，他們在這裡可以俯瞰海灣，眼前那一片湛藍的海水在陽光的照射下，泛出道道金光，平靜而深邃。這裡是屬於莫爾的私人海灘，為了打造這片海灘，他進行了一番獨出心裁的設計，並用進口的、最好的珊瑚色沙石鋪就。

這一天，姑媽準備回家了，她穿好衣服打算乘火車走。莫爾也穿上了他那套昂貴的星期日便裝，顯得蠻精神的，只是他的頭髮太長了，少說也有三個星期沒理了。至於注重整潔這方面，莫爾與他的姑父不太相像，因為他的姑父非常注重儀表，不僅每天早晨上班前都要刮鬍子，穿著整潔，即使是假日休息，他也像準備上班一樣去打扮，甚至連在喝第一杯咖啡之前，他也要打上領帶，穿好外套才肯端起杯子。

　　當兩人都準備好之後，突然從裡屋傳來了一陣清脆的電話鈴聲，「莫不是他？難道是海上巡邏隊的人已經發現了奧斯卡！」姑媽不禁一愣，她緊張她想著。

　　三四秒鐘之後，電話鈴聲停頓了，只見蘇珊拿著電話機從裡屋走了出來，她微笑著說：「姑媽，請別緊張，剛才是妳的律師的電話。」

　　「啊，」她的心跳緩慢下來，長長地出了一口氣說：「是波頓的。」順手從蘇珊手中接過了電話機。

　　「喂，是波頓嗎？」姑媽說話的語調已經變得平緩多了。

　　「是我，奧斯卡太太，妳好嗎？」

　　「噢，我很好，這些天我在莫爾和蘇珊家裡，他們都快把我寵壞了。」

　　「聽說妳明天要回家，是這樣的嗎？」

　　「對，不過不是明天，我一會就準備去火車站。」

「唔，原來是這樣的，奧斯卡太太，我本來不想催妳，只是……」

「很抱歉，波頓，我知道……」

「……那麼，還是我把檔案送到妳家去吧，妳就不必到辦公室來了，好，就這樣。」

一直站在身邊的莫爾朝她指了指自己腕上的手錶，伏在她耳邊輕輕地說：「姑媽，時間快到了，我們必須要去火車站了。」

「波頓，謝謝你！我們星期三如何？好的，很抱歉，我要去火車站了。」

莫爾拎起她的行李箱，「姑媽，真不捨得讓妳走，妳要是寂寞的話，歡迎妳隨時再來，回去後別忘記經常打電話給我們。」跟在身後的蘇珊輕輕地吻別姑媽後說。

從她住的曼哈頓到莫爾住的蘭琴蒙特並不算太遠。莫爾開車將她送到火車站，在月臺上等車時，他對姑媽說：「我很樂意開車送妳回到曼哈頓的公寓去，行嗎？」

「好了，莫爾，不要麻煩你了，我覺得在火車上反而能很好地休息。再說到了曼哈頓，計程車司機會幫我提箱子的，至於我的身體，你也不用擔心，等到家後我就會通知醫生的。」

莫爾和姑媽互相微笑著吻吻面頰，分手了。坐在開往曼

哈頓的火車上，她內心不斷地翻騰著。對於那間曾帶給她和奧斯卡許多歡樂的公寓，她是既希望盡快回去，又感到有些莫名的害怕，或許是擔心睹物思人，看到奧斯卡的影子吧。

下了火車，她招手喚來了一輛計程車，司機把她送到公寓門前，還幫她把行李箱一直送進電梯。

「唉，這個家門我已經有三個月沒有踏入了！」她用微微發抖的手掏出鑰匙，輕輕地打開房門，眼前的景象讓她感覺到房間裡似乎有人：迎面房間的一扇窗子略略地開著，「難道幾個月前我是那樣開著的嗎？」她慢慢地踱進房間，似乎聞到房間裡有一股略帶清香的新鮮氣息，這種香味使她有些陶醉，「這是奧斯卡刮鬍子時用的刮鬍水的香味呀，怎麼會是這樣？不可能！」「難道是我沒有將瓶蓋擰緊？」一連串的疑惑縈繞在她心頭。

或許是她急於要弄個明白，於是她將外套、帽子和手套都迅速脫下，快步走進臥室，「咦，這裡也不對！我去莫爾家時把奧斯卡的床鋪都收拾俐落了，如今怎麼這樣凌亂呢？還好像有人在床上睡過覺。」

她再看看衣櫃頂層的抽屜上，依然掛著奧斯卡的褲子，那種打開抽屜，將褲管夾住的方式，就像他每天晚上掛褲子時一模一樣。

「莫非真的是奧斯卡回來了？」她不禁心裡震顫了，輕聲

叫著：「奧斯卡，是你嗎？」她邊輕聲呼喚著，邊走進浴室，一眼就看到一塊新肥皂的上面壓著一小塊銀色的肥皂，「對！這是奧斯卡的習慣。」原來奧斯卡使用肥皂時很節省，他總喜歡將一塊快要用完的小塊肥皂壓在另一塊新肥皂上。她伸手摸了摸那小塊銀色的肥皂，竟然是溼的，顯然有人剛剛用過！

她頓時感到呼吸急促，喉嚨裡猶如鯁著一塊東西，視線也變得模糊起來，頭部陣陣眩暈，兩腿發抖，接著就失去了平衡，重重地栽倒在地上，她覺得面頰壓在了浴室墊上，眼鏡也被碰掉了。接下來的事情她就記不清楚了。

等她醒來時，發現自己躺在醫院的觀察室，一個心臟監視器擺在她身旁，各種導線與她身體的部位緊緊連著。到了第四天，她從觀察室被移到一間私人病房，有特別護士全天24 小時看護她。

病房門輕輕打開了，「唔，你又闖過來了！雖然你的心臟沒有明顯的病，但也要保持安靜，無論是誰來訪，談話都不能超過十分鐘，這樣對你恢復健康有好處。」聽了醫生的話，她默默地點了點頭。

第一位來訪者是她的律師波頓。她先將護士支開，然後讓波頓把帶來的檔案放在一旁，向他口述了一些指示，波頓在這裡大約忙了二十五分鐘的樣子。

波頓走後，莫爾就來了，他的表情顯得憂慮而震驚，「天哪！姑媽，究竟發生了什麼？我真懊悔那天怎麼不親自送你回家呢？我和蘇珊真怕失去你。」

　　「別緊張，莫爾，你看我不是好好地在這裡嗎？」

　　「感謝上帝保佑，姑媽，你看上去挺好的。」那我們就放心了。」

　　「是嗎？莫爾，蘇珊她好嗎？」

　　「蘇珊？啊，她很好。原本她要和我一起來的，但醫生建議她還是別……」

　　「唔，原來是這樣。莫爾，我問你，那天你送我上火車後，沒有直接回家，蘇珊不惦記你嗎？」

　　「惦記我？蘇珊為什麼要惦記我呢？姑媽，我不明白這是什麼意思？」

　　「很簡單，那天你送我到蘭琴蒙特火車站後，並沒有立刻回家，而是一直開車到曼哈頓，趕在我之前到了公寓。莫爾，我來問你，在我離開家這三個月裡，你是不是借過我的鑰匙，又去另外配了一把？」

　　莫爾的表情一下子變得複雜起來，不過他很快又掩飾住：「姑媽，你在說什麼呀？是在開玩笑吧？」

　　「開玩笑？是嗎？」她突然大笑起來。「莫爾，其實我很

清醒，你知道嗎？當我一想到你聽我講述往事的時候是那麼認真、仔細，我就全明白了。你正是透過我的講述，知道了奧斯卡的許多生活習慣，比如說，他是怎樣打開窗戶、怎樣掛褲子、刮鬍水用的是什麼，以至於連他怎樣節省肥皂等等，我說的沒錯吧？你為什麼要這樣做呢？想必你對這一切事先都是有計畫的！」

莫爾的眼睛有些不敢再看姑媽，表情也變得有些不可捉摸。過了一會，他搖搖頭說：「不，不是的，姑媽，妳是在指責我嗎？……」

「莫爾，你知道我的心臟不好，這樣做的目的難道不是企圖嚇死我嗎？好了，莫爾，不必再試探我了，因為波頓已經來過了，按照我修改後的遺囑，你除了能得到一元錢之外，什麼都不會有了。」

「真是荒謬！我怎麼會是那樣的人，姑媽，妳怎麼能相信……怎麼……」莫爾連連地搖頭。這時，病房內靜極了，彷彿只剩下兩個人呼吸的氣息。

病房門被輕輕地推開了，原來是護士。

「好的，我們再談一分鐘。」姑媽微笑著對護士說。

「莫爾，我今天有些累了，你也該走了。不過，我剛才說的事絕對不是空穴來風。你知道嗎？那天我回家後，看到你精心布置的一切，的確驚嚇了我，晚上當我在浴室地板上醒

來的時候，第一眼就看見了浴室門口鋪的地毯上有那種特別的珊瑚色沙粒，那一定是你從海濱帶來的。莫爾，你不必再狡辯了，因為波頓已經用瓶子裝了一些沙粒，並將它們存放在保險櫃裡，萬一需要做證據時就可以取出來。」

　　莫爾的臉頓時漲紅了，嘴唇也在不停地抖動，過了一會，他默默地站起身，走出了病房。

電子書購買

爽讀 APP

國家圖書館出版品預行編目資料

金蟬脫殼 —— 深入黑暗，探索致命的恐懼 / [美]
亞佛烈德·希區考克（Alfred Hitchcock）著，
秦浚哲 譯 . -- 第一版 . -- 臺北市：崧燁文化事業
有限公司 , 2024.05
面；　公分
POD 版
譯自：The golden cicada sheds its shell
ISBN 978-626-394-311-7(平裝)
874.57　　113006607

金蟬脫殼 —— 深入黑暗，探索致命的恐懼

臉書

作　　者：[美] 亞佛烈德·希區考克（Alfred Hitchcock）

翻　　譯：秦浚哲

發 行 人：黃振庭

出 版 者：崧燁文化事業有限公司

發 行 者：崧燁文化事業有限公司

E - m a i l：sonbookservice@gmail.com

粉 絲 頁：https://www.facebook.com/sonbookss/

網　　址：https://sonbook.net/

地　　址：台北市中正區重慶南路一段 61 號 8 樓

8F., No.61, Sec. 1, Chongqing S. Rd., Zhongzheng Dist., Taipei City 100, Taiwan

電　　話：(02) 2370-3310　　　傳　　真：(02) 2388-1990

印　　刷：京峯數位服務有限公司

律師顧問：廣華律師事務所 張珮琦律師

-版權聲明

定　　價：299 元

發行日期：2024 年 05 月第一版

◎本書以 POD 印製

Design Assets from Freepik.com